UM HOMEM BOM

THIAGO **BARBALHO**

UM HOMEM BOM

ILUMINURAS

Copyright © 2017
Thiago Barbalho

Copyright © desta edição
Editora Iluminuras Ltda.

Capa e projeto gráfico
Eder Cardoso / Iluminuras
sobre *Nascimento*, de Thiago Barbalho

Imagem da capa e ilustrações modificadas digitalmente
Thiago Barbalho

Revisão
Jane Pessoa

CIP-BRASIL. CATALOGAÇÃO NA PUBLICAÇÃO
SINDICATO NACIONAL DOS EDITORES DE LIVROS, RJ
B182h

    Barbalho, Thiago, 1984-
       Um homem bom / Thiago Barbalho. – 1. ed. – São Paulo : Iluminuras, 2017.
       96 p. : il ; 21 cm.

       ISBN: 978-85-7321-562-5

       1. Conto brasileiro. I. Título.

17-40494   CDD: 869.3
                      CDU: 821.134.3(81)-3

2017
Editora Iluminuras Ltda.
Rua Inácio Pereira da Rocha, 389
05432-011 - São Paulo - SP - Brasil
Tel./ Fax: 55 11 3031-6161
iluminuras@iluminuras.com.br
www.iluminuras.com.br

SUMÁRIO

UM HOMEM BOM, 11

O HOMEM SEM LIMITES, 17

UMA BALEIA ENCALHADA, 31

NINGUÉM, 35

TALVEZ, 39

AGORA, 43

NASCIMENTO, 45

CONTAS A PAGAR, 55

LIVROS SUJOS, 77

NARCOLEPSIA, 83

A QUEDA, 87

sobre o autor, 95

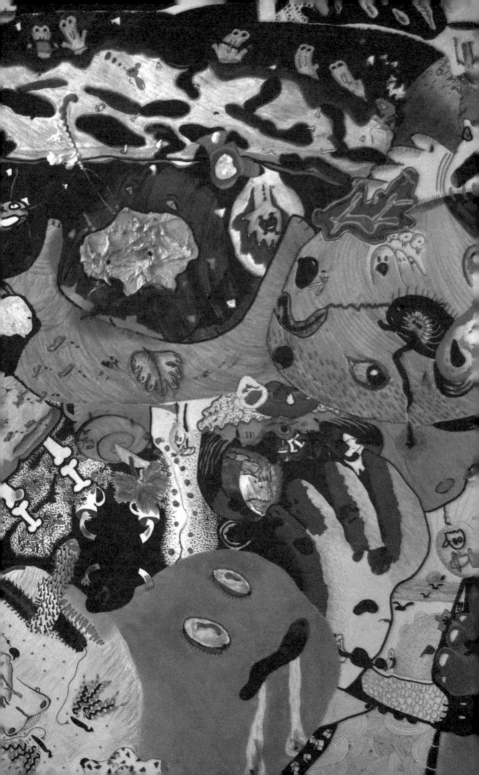

UM HOMEM **BOM**

Eu era um homem e eu queria ser bom. Mas não entendia por quê. Afinal, a bondade se justifica? O que a gente quer em troca de ser bom? O que eu receberia de volta? Eu quis ser bom a partir do momento em que entendi que era só na crença da bondade que a gente, já sem deus, poderia se acolher. Eu sabia que, sem nos convencer da bondade, cairíamos assassinos uns dos outros sem medo do escárnio, da matança, do mal. E eu não queria sofrer. Eu queria ficar na bondade porque queria me sentir seguro. Se eu acreditasse que a bondade existe e que havia prazer e recompensa em ser bondoso, então eu seria sorridente, firme homem enraizado.

Fazer coisas bonitas e bem-feitas e deixar as pessoas melhores: não só tocar o bom, mas fazê-lo vir ao mundo: retirar um pedaço do impossível e fazê-lo real, aqui, nosso. A minha inquietação perpétua, a minha vontade de apontar os defeitos e a minha inabilidade de conviver com o que não estava resolvido: era como se eu tivesse mesmo nascido para ser atravessado pelo bem e assim propagar a bondade no mundo, melhorando-o. Não era eu que tinha inquietação e tristeza, era a bondade que fazia com que eu só me sentisse realizado curando e tratando a mim e ao mundo. Isso me realizava. Me inventava. E me servia de deus.

É assim que a bondade se amplia no mundo: curando os homens do que ainda tem a ser curado? Porque não era eu: era em mim alguma coisa que era mais do que só eu. Eu só obedecia a isso por prazer. Porque o prazer é ordem: diz onde tudo se realiza. E eu gostava de ser bom. Fazia parte dos meus instintos. Nada me deixava mais feliz e sem efeitos colaterais. Sem ressaca. Porque eu acreditava na bondade, e acreditar é estar feliz.

Eu entendi a bondade. Eu entendi a bondade e ela é o instinto primeiro e maior, o que empurra os homens para a frente antes de eles se darem conta. De onde viemos, onde estamos, para onde vamos. Porque a bondade é o primeiro motor. É o que frutifica as frutas, o que dá doçura à polpa e firmeza ao talo, e é também o que nos faz buscadores, firmes, inquietos, insatisfeitos, famintos de frutos de toda sorte para poder nos nutrir, crescer e continuar.

A bondade é matéria de deus. Generosidade divina que nos faz querer o melhor. A vida, que em busca de se continuar precisa se nutrir, é fome, é bondade e é deus. A bondade é a maciez da alegria quando a desejamos, quando a mordemos.

Mas os homens erram, erram muito. E isto pode não parecer bom, mas não é verdade. A carcaça da realidade é sempre perfeita e boa – os erros que cometemos é processo de aproximação até o bem. Porque errar é se nutrir, ganhar anticorpos, ficar forte, aprender, crescer. Errar é se ver, aprender a ficar nu e se saber capaz de algo mais – e continuar. E isto não se faz sem errar. No começo e no fim de todos os caminhos por onde os homens erram, no reconhecimento dos erros, há a vontade de ficar melhor. E a vontade de algo melhor é um instinto, um dom que nos faz sentir a bondade total cada vez mais próxima.

A bondade está aí. Nós sentimos o seu cheiro e nos movemos até a sua fonte. É para o futuro que olhamos quando mostramos os dentes com a nossa disposição para atingir o que sabemos merecer. Avançamos com nossos corpos para trazer para o presente os prazeres esperados para o futuro. Queremos aqui, agora, estamos apressados de nos satisfazer, e brigamos por isso. A ansiedade tem o bem no seu DNA. É pressa de chegar à realização de si.

Quando a gente sente ódio, é por força do amor em busca de nos curar dos nossos ressentimentos, expondo-os, canalizando-os, triturando-os até que virem aceitação ou mudança.

Na época em que eu sentia ciúme, era por desejar, na posse, garantir o meu prazer e seguir feliz o suficiente para continuar realizando os meus sorrisos. Mas quando a gente entende que o ciúme é mordaça que se veste na busca selvagem do amor garantido, e não uma condição para o prazer de fato, a gente se dá conta da cilada que é ter vontade de posse e se viciar num só caminho do fluxo amoroso; e então, contra o ciúme, o nosso amor se abre e perde personalidade. Por isso o sexo, bondade maior, existe para dar prazer e sentir prazer recebendo se dando: a bondade imediata de ir e vir de um a outro. E isto não tem alvo nem fonte, só urgência em fluxo.

Tudo é o caminho para a realização que a gente às vezes chama de amor.

Quando a bondade te toca, você obedece. E quando você tem certeza disso, tudo que você fizer se justifica. E aí você acha que sabe, e então você realmente sabe: tudo o que você fizer será o melhor, o que tem que ser feito. Quando você sabe que vai sempre saber o que é melhor, você age como se soubesse exatamente o que é melhor. E aí você acredita em si mesmo e pode fazer qualquer coisa, porque pela bondade tudo se justifica. O erro se justifica. O mal se justifica. Então você pode ficar quieto. Ou furioso. Pode reivindicar. Pode se revoltar.

Quando você sabe que tudo o que acontecer será sempre uma aproximação ao bom, você entende que tudo sempre foi bom e agora tudo já é bom, e então você se transforma no bom do instante e explode de prazer: bem e mal acontecem por amor puro. Você vira um transbordamento de bem e justifica toda brutalidade. E transbordar é explodir.

E explodir mata. Explodir é deixar de ser pequeno. Explodir é perder fronteiras, pele, nome próprio. Explodir é se expandir e se dar. Então você explode de bondade e se acaba. Pode até atingir as pessoas que estejam ao seu redor, pessoas que se amarraram a você ou pessoas que estão passando por perto, pessoas errantes tanto quanto você. E você faz questão de atingi-las com a sua explosão de bondade porque a explosão é um ato de amor ao mundo, e isso reverbera: um ato no mundo acontece mais do que parece acontecer. E o ato bom é ainda mais explosivo – iluminação, ele resplandece. Você pode se acabar de tanta bondade e pureza, e a bondade e a pureza desse acontecimento vão se espalhar, não sendo mais somente você. Bondade é transgressão: deixar de viver e se dar, ficar maior.

Foi por bondade que fiz o que fiz. Foi por bondade que eu me explodi.

Eu precisava fazer esse sacrifício porque ele me veio à mente e então ele se mostrou possível de acontecer, e eu quis realizar essa possibilidade, já que era do primeiro motor, a bondade, que ele, como tudo, vinha. E se eu quis seguir em frente e realizar esse manifesto foi porque a bondade estava querendo chegar mais perto de nós por aí. Eu precisava fazer o sacrifício de me acabar porque levar o meu sacrifício à frente era um teste para a bondade. Se a bondade era mesmo boa e dona da minha errância, aonde quer que minha vontade me levasse, então o mal, o que as pessoas tomam como cruel, matar-se e matar os outros, também se justificava, mesmo intencionalmente.

O mal é um jeito legítimo de nos aproximar do bem.

O homem mau é um mártir, ele se sacrifica, ele se realiza para poder curar o mundo com a sua própria tragédia. Porque ao olhar o homem mau enxergamos mais. Enxergamos o que não queremos mais ser, e buscamos nos curar daquilo ou conviver com aquilo do jeito mais sábio possível. E aí, ao nos conhecer também perversos e buscar o melhor jeito de lidar com nossa perversão, ficamos iluminados de verdade.

Eu, a quem todos chamavam de bondoso, o bom filho, o bom marido, o bom amigo – eu tinha que dar fim a mim mesmo e provar aí que o bem está presente também no fim da vida, no luto, na minha disposição para fazer a tragédia acontecer. É que eu ia assim provocar tristeza, saudade, ódio, revolta, e isto é estimular o senso de justiça e de bondade nos homens, é lembrá-los da importância de estarem juntos uns dos outros, isto é desenvolvê-los e aproximá-los do bem. A minha explosão foi um manto que se iluminou de maravilha até me realizar. Então eu pude praticar um ato mau e esse ato ser bom. Eu pude matar.

Eu matei eu. Eu me expandi. A céu aberto. Em dia útil. Eu salpiquei os outros com a minha presença sem fronteira. Fui arrogante como um mártir precisa ser. Eu multipliquei a tragédia com estilhaços que abriram portais para a cura: os homens que iam lidar com aquele acontecimento tinham a grande chance de se melhorarem pensando-o e compreendendo-o. Eu precisei me dar, e o mundo, sem escolha a não ser ficar melhor, agradeceu e aceitou o meu corpo explodindo de amor. Se eu pensei em fazer isso, é porque podia ser pensado. Se consegui fazer isso, é porque veio para nos melhorar. Porque eu servi ao que agia em mim. Foi um sacrifício e uma confirmação do bem enquanto o verdadeiro sentido e a verdadeira significação. O meu sacrifício, o meu suicídio em estado de homem-bomba, aconteceu porque eu aceitei a bondade da presença da tragédia e dei a tristeza para o mundo se curar.

Louvados sejam os nossos demônios.

O HOMEM **SEM LIMITES**

Me lembro bem da época em que eu sabia falar. Tudo estava em ordem. Tudo era completo. O mundo era feito da unidade de coisas, fatos e massas vivas. No meio do conjunto de massas vivas estavam as pessoas – e no meio das pessoas, sujeitos como eu, confiantes em dar a sua própria contribuição ao mundo. Sim, porque nós, humanos, massas vivas e imaginárias, tínhamos a suposição de um poder: o poder de contribuir com a criação. E como supúnhamos criar? Dando nomes para as coisas e para as pessoas, e inventando explicações aos fatos. Os nomes e as explicações eram as nossas principais crias – e como isso nos deixava orgulhosos. Agíamos assim porque, graças à capacidade de explicar, nos cobríamos com uma camada a mais de acolhimento. Ao dizer, tínhamos a sensação de entender e de nos alegrar.

E eu era professor disso. Eu ensinava a usar palavras.

Naquele tempo, o tempo da comunicação, tudo fazia sentido. Todos nós falávamos. Cada palavra que eu dissesse se identificava ao que existia. As palavras só existiam em função da realidade, que por elas podia ser comunicada. Toda explicação que déssemos sobre o mundo era verdadeira. Vivíamos e nos entendíamos como que num idioma universal. Tínhamos a certeza de que, antes de serem explicadas, as coisas eram confusas e caóticas. Mas, a partir do momento em que alguém as definia, tudo ficava calmo, familiar, lúcido, e aí podíamos aceitar. Por isso, pode-se dizer que, quando falávamos, era por vontade de paz.

Eu também falava. E falava muito. Não foi à toa que me tornei professor de comunicação. Não foram à toa todos aqueles troféus que eu mantinha na sala antes do silêncio. Refiro-me ao silêncio que me atravessou e devastou minhas verdades e levou todas as minhas palavras junto com o apego a elas. O furacão da liberdade, o furacão da constatação da impossibilidade.

Mas estou me adiantando.

Ainda antes eu dizia meus pensamentos com fluência e ouvia o dos outros com atenção. Eu entendia o mundo pelas palavras e gostava de entender. Acreditava em tudo o que me falavam porque achava que havia honestidade no que se dizia. Porque achava que, entre as palavras e as coisas, não havia brechas para nada. As palavras tinham assim o poder implacável de convencimento, de cuja força um homem não pode escapar. Afinal, é quando somos convencidos que tomamos algo como verdadeiro. E é somente por acreditar numa verdade que podemos prosseguir.

Então, se me diziam Eu te amo!, eu experimentava esse amor porque ele me era verdadeiro. Ou se me diziam, A terra é redonda e há vácuo no espaço!, eu tomava isso como um travesseiro sobre o qual minha cabeça, aliviada com uma explicação para o mistério, podia descansar. Além do mais, algumas explicações vinham carregadas de beleza.

As palavras eram donas da verdade. E os homens, donos das palavras. Então os homens eram imediatos. Mesmo quando diziam coisas inexatas ou quando contavam mentiras, eu sabia que até essas palavras de imaginação vinham do lugar de onde todas as palavras vêm, e que por isso tudo era honesto.

Por isso eu considerava as palavras fundamentais. Para me sentir humano e descansar, eu precisava delas.

Sem as palavras eu não poderia viver. Sem elas não existiria força, calma, acolhimento. Sem as palavras ninguém seria capaz de ir além de si e, no delírio da comunicação, ficar menos só.

Desde criança eu pude ver as pessoas usufruindo das palavras, errando e acertando, dizendo e desdizendo, e então eu tomei para mim essa brincadeira de dominar o mundo por dizê-lo. Nós humanos tínhamos domínio sobre o mundo & as sensações porque criávamos explicações. E explicações nos davam a sensação de saber. E saber significava domínio, por si só um delírio. Era impressionante como toda a gente se sentia especial assim, recolhendo certezas na busca de entender. Essas vitórias por cima das dúvidas eram muito arriscadas, porque podíamos tirar conclusões desesperadoras sobre o mundo. Ao mesmo tempo, éramos incapazes de interromper nossa ambição de transformar imaginação em realidade e de desvendar as nossas zonas mais sombrias.

Eu percebi que para nós, humanos, era importante se sentir especial. E essa sensação vinha da posse das palavras, que resultava em certezas, que resultavam em conforto. Então eu participei. Eu me amparei na prepotência da verdade. E só pude me considerar humano quando tomei para mim a ilusão de saber.

Eu andava pelos lugares e dizia o nome dos objetos, dos fatos, das pessoas. *Mãe, a rosa é rosa!, Pai, o mar é azul e verde e às vezes amarelo!* Eu descrevia tudo com atributos precisos: *A boca é de onde sai a fala, mas os dedos podem falar por escrito. É por isso que a comunicação está no pensamento, e o resto do corpo vira instrumento para o pensamento vir ao mundo. O corpo é a zona em que o mundo não físico entra no mundo físico. Aí existimos além de existir.*

Toda explicação correspondia a uma coisa. Todo nome apontava com nitidez para a realidade nomeada. De alguma forma, isso me deixava feliz: eu também era humano, eu também acreditava nesse esforço. Isso me dava a sensação de certeza e de participação. Eu podia sorrir. E o meu sorriso se refletia no sorriso dos outros. Como toda criança, fui alegre por inocência. Fui ingênuo por ignorância.

Aconteceu, aos poucos, que, para dizer com exatidão as coisas que eu queria dizer, usar só um nome ia deixando de ser suficiente. Tudo pedia explicações mais detalhadas, descrições cuidadosas, relatos precisos: *A minha casa é azul e faz frio entre maio e outubro. A minha casa está em reforma. A minha casa foi construída há meio século. Tem 56 m²*. Nada disso bastava para definir a casa e explicar por que razão podíamos dizer: *A casa existe e fica diferente quando estou alegre e quando estou triste*. Então eu reunia um amontoado de outras palavras que cercassem cada coisa e a fizessem aparecer. Nasciam daí as frases, os discursos, as convicções. Aprendi essa mecânica e a ela me apeguei. Fiz disso a minha vocação. Tentei entender os fenômenos – trovões, mares, a arquitetura das montanhas –, declarei hipóteses e sentimentos e me convenci a não declarar outros: nutri o meu corpo com palavras e valores.

Construí uma vida assim. Convivi. Ganhei rugas. Acordei e adormeci. Disse muito. Fiz inúmeros discursos. Convenci meus amigos a se apaixonarem pelo tremor da verdade. Desprezei e me desapeguei de quem não quis minhas certezas – tomei como ignorantes aqueles que não concordavam comigo, e na arrogância os aceitei incapazes. Entrei em universidades. Fiz amigos. Fiz graduações e pós-graduações. Ganhei bolsas e depois ganhei pupilos, passei a lecionar. Eu me considerava atravessador de um aprendizado. Angariei amantes da minha lábia que acreditavam na minha busca e se dedicavam a mim, oferecendo-me a sua jovialidade e a sua beleza. Tinha a comunicação a meu favor. Mais ainda: caí de encanto pela palavra e tomei a fala como ourivesaria. Estudei profundamente. Estudei a superfície inteira da linguagem. Recebi prêmios. Conquistei vagas para dar aulas. Meu ganha-pão era, cada vez mais, achar o ouro, dividir minhas certezas e argumentar a favor delas. O tempo inteiro eu queria dizer. Eu queria feito todo homem que quer: eu queria sem saber exatamente por quê.

Foi justamente aí que algo aconteceu. Na estabilidade dessa convicção eu me deparei com um ponto cego: a pergunta se voltou para si e se perguntou: Por quê? Sem saber como, eu me dei conta da estranheza dessa vontade de dizer: eu me dei conta especialmente de que essa vontade não se concluía nunca, porque havia sempre uma brecha que fazia com que algo não tivesse sido dito com perfeição. Os nomes, nas minhas declarações, sempre podiam ser mais exatos. O que eu havia dito sempre poderia ter sido dito de um jeito mais claro, mais completo. Como se tudo carregasse em si uma espiral de fragmentação e desgaste para a qual poderíamos desenvolver explicações inesgotáveis. No que quer que eu dissesse, haveria sempre uma falta. Faltava algo para atingir o perfeito a que eu chamava de *verdade*. Uma palavra a menos ou uma frase pensada já tarde demais era o suficiente para me provocar a sensação de frustração e fracasso. Eu percebi assim que queria ser exato mesmo nunca sendo capaz de sê-lo, porque ser exato é o mesmo que ser perfeito, e isto é o mesmo que ser impossível. Eu não sabia por que insistia tanto em buscar o inatingível. Eu não sabia por que não desistia e descansava, por que não gozava da brevidade das coisas e passava a viver sem a ambição de tocar o que não muda.

A falta de explicação para o meu desejo de explicação, impulso que me movia à revelia do meu clamor por entendê-lo, fez com que o próprio desejo de explicação se mostrasse indizível. Estava dado o meu enigma.

Aí, a contradição me espantou e me provocou a mudez. Foi como se a minha capacidade de engendrar explicações se olhasse num espelho e não se enxergasse.

Então eu pude me compreender feito de furacão. Como se eu jamais pudesse saber de mim mesmo por completo, a vontade que eu tinha de dizer não sabia, ela mesma, aonde queria chegar. E esta busca por dizer e ser exato não sabia, ela mesma, dizer o que a constituía nem por que existia e buscava.

Sem ânimo porque sem entendimento e sem enxergar um fim, comecei a hesitar com as palavras. Comecei a ter fastio na fala. As palavras só me prometiam, nunca cumpriam. Em sala de aula, olhava para os meus alunos e não tinha mais o que dizer. Me faltava vontade. Eu estava desistindo. Agora eu me interessava pelo silêncio. Porque eu sabia que haveria sempre um ponto inalcançável: eu tinha a sensação de que a matéria do meu enigma era a mesma do silêncio. Matéria anterior. Pré-matéria. Mas isso significava que eu não queria mais ser o que eu tinha sido, o que eu era, o que eu havia me tornado: uma coisa viva que pensa e fala. Eu não queria mais me comunicar. As explicações para tudo me levavam de volta a mim, mas em mim eu jamais encontrava um ponto-final, e tudo me empurrava para o silêncio.

Por que eu havia passado tanto tempo me deixando levar pela fluidez daquela vontade de me comunicar, se sabia que as vontades só nos deixam exaustos e famintos, enquanto o silêncio é a própria saciedade antecipada? Ou eu nunca me dera conta disso e errava por ignorância?

Mas agora eu era o silêncio.

Eu ouvia comentários nos corredores do departamento, os alunos cochichavam e olhavam para mim. *O homem da fala se calou, o que isto significa?* Mas era por não significar que eu me continha. Era porque estava convivendo com a falta de significado que eu me calava.

Sem conseguir me explicar, passei a aceitar que as palavras eram, apesar de tudo, perfeitas por natureza, e que o errado era eu, que não achava os nomes exatos e as combinações mais justas, e preferia aceitar e desistir. O silêncio estava em mim. A natureza, pensei, é tão completa que produz até suas próprias imperfeições, e nós somos os sortudos animais que carregamos a bênção da falha. Somos errantes e enigmáticos por talento, e é por isso que eu nunca consigo concluir a explicação do mundo. E é por isso que tenho insistido tanto. Porque erro. Porque sou limite com vontade de deslimite.

Então, por aceitação do erro como a minha própria natureza, retomei o discurso e, após semanas de aulas silenciosas e alunos constrangidos, passei a dizer. Dizer mais. Muito mais. Fazia isso por excesso de apego a um ideal sobre o qual eu me acostumara a apoiar a consciência intranquila? Também, a essa altura, o que teria eu a perder? Tudo já era delírio e não me interessava deixar de imaginar. Antes, me interessava agradecer e desfrutar o que me era dado.

Os alunos adoraram o meu retorno à voz. Parecia que eu estava derramando verdades que tinha acumulado por todas aquelas semanas de quietude. Minha fama só aumentou.

Dizia, dizia, dizia. E quando já havia dito tudo o que queria, eu buscava fendas entre as coisas já ditas e tentava dizê-las ainda mais exatamente. Quanto mais eu dizia, mais percebia que podia dizer melhor aquilo que eu tinha acabado de dizer. E agora já não importava que eu nunca conseguisse completar o mundo por jamais contorná-lo numa definição completa. Era divertido fazer da compreensão de tudo uma alucinação. Eu via que meus alunos me entendiam e me aceitavam. Eles adotavam para si o meu próprio pensamento. O mundo era um delírio em comunhão: um delírio feito da beleza impossível do que nos atravessa de uns aos outros.

Ao observar quais pontos eram mais confusos para as pessoas, sobre os quais eu poderia me aprofundar e explicar, eu notava a busca de todo mundo por um amparo para as suas inquietações. É que as pessoas, exatamente como eu, queriam aceitar em vez de lutar para sempre, e a aceitação só é possível passando pelo entendimento de que é preciso conviver com o alheio. A humanidade parecia pedir a ajuda de sujeitos capazes de engendrar explicações para todas as obscuridades numa espécie de manual perfeito através do qual pudéssemos aceitar e conviver com satisfação perene. E lá estava eu, feliz e orgulhoso em ser um dos ajudantes que levariam os homens à sonhada palavra SIM.

A humanidade, delirava eu, pedia a minha ajuda para criar um tratado definitivo sobre tudo; e eu, na ilusão do poder, doutor em palavras e mestre no dizer, me achei capaz. Até porque nós, humanos, sempre empurramos o mundo com a esperança como combustível, e eu, também por esperança, quis colaborar. Havia em mim a convicção de que isso nos permitiria viver melhor. Eu era mais ou menos como todo mundo: tinha a ganância de me realizar atingindo os outros e me expandindo neles.

O estranho é que ninguém se convencia a mudar seu próprio comportamento pelo que eu lhes mostrava, ninguém se dispunha a mudar. As pessoas se emocionavam, se identificavam, encontravam a si mesmas nas minhas palavras, me davam parabéns, me agradeciam, mas era só isso: ninguém saía do lugar em que sempre tinha estado, ninguém nem sequer agonizava como eu. Enquanto eu me inquietava na busca por aniquilar toda agonia, as pessoas fluíam na agonia com intervalos de encontro. Elas conseguiam dormir, envelhecer, fazer filhos. Mesmo os meus alunos mais queridos. Tudo continuava igual. Cada um seguia seu rumo. Eu era incapaz. Um idealizador.

No fim das contas, pensei, as palavras não são o lugar do encontro definitivo, elas são antes embarcações que construímos para nos levar até nossas cavernas mais íntimas; mas, ao chegarmos à boca das cavernas, precisamos abandonar o barco e ficar sendo apenas o nosso próprio corpo, pois a entrada para a intimidade do encontro é tão estreita que só cabe silêncio e meditação. E aí ninguém pode ajudar.

Será que meu erro foi achar que as minhas palavras tinham o poder de modificar as pessoas? Será que o curso do mundo é inalterável? Será que o que eu vejo e aprendo só serve a mim?

E eu continuava. Era tudo o que eu podia fazer: havia em mim esta ordem de continuidade. Retomei o vício da busca pelo encontro definitivo. Quanto mais eu me prolongava, mais me sentia aproximar, e quanto mais eu me aproximava, mais sabia que podia chegar ainda mais perto.

E aí a falta de compreensão da vontade de dizer me deixava novamente perplexo a ponto de paralisar a minha dicção. No meio das aulas, diante de turmas de cinquenta, sessenta alunos babando por conhecimento, eu, entediado e perplexo, emudecia em espanto e crise: começava uma frase e:

Minhas crises de silêncio retornavam e eram como um ponto fraco, como um buraco pelo qual eu passava e me machucava em um nascimento a todo instante: o mesmo buraco, o mesmo ponto inicial, a mesma área escura cuja fonte de luz está sempre longe demais para ser revelada. Eu estava preso a esse movimento mesmo não me divertindo mais.

De onde vinha tanta inquietação e necessidade de encontro com o definitivo? Aonde eu queria chegar? O que eu faria depois de entender e de convencer tanta gente? E por que eu queria entender até a vontade de entender? Por que não seguia na busca sem questionar a própria busca? Eu tinha sentimentos bonitos que não me deixavam parar, tais como fé, vontade, força e ânimo. Eu tinha a inocência de acreditar que o mundo era capaz de se perpetuar no reflexo das definições mais bonitas e nunca mais surpreender. Como se os acontecimentos e as sensações pudessem saltar do ciclo do tempo para ficar perfeitos, paralisados, totalmente compreendidos por nós.

Explicar, explicar tudo. Expelir o mundo numa cosmogonia gratuita e bela distribuída pelo pensamento, me ver compreendido e ver todos nós compreendidos a um só tempo. O meu ideal, como toda crença, era sedutor demais para que eu pudesse desistir. Ele significava acolhimento. Sem buscá-lo, eu me veria em desamparo por não saber e não ser capaz. Sem buscá-lo, eu me daria conta do desamparo em que as coisas vivas ficam soltas, como se estivessem em queda. Inclusive eu. Àquela altura eu tomava a minha crise como um perigo, e não como a possibilidade de um recomeço.

Afinal, quem é que não requer certezas aonde se apoiar e se desenvolver? Quem é que pode crescer, se nutrir, caminhar em busca do alimento e do riso sem ter antes estabelecido para si um apego, uma identidade, uma certeza, uma importância?

Aceitação era o nome da minha falta. Eu não aceitava o que era? Eu acreditava que, falando e conversando, ia contribuir para que nos aproximássemos ainda mais das coisas, para que encarássemos a explosão do mundo com integridade e abertura, até que tudo se transfigurasse em satisfação. Aí, abandonaríamos as palavras e seríamos o inteiro. Aí, o sorriso se transformaria na nossa expressão definitiva.

Isso tudo não era um grande delírio inútil? Minha vida uma perda de tempo? Exausto por não chegar nunca ao ponto-final, eu tinha pesadelos em que perguntas perturbadoras me visitavam: Existirá o ponto-final? Eu me aproximo mesmo de alguma superação que seja bondade e me faça sentir prazer? A razão é uma busca legítima? Eu posso confiar que o sorriso de realização, este pequeno esforço muscular, é de fato a meta a ser buscada, em vez dos lábios ora alegres ora tristes de quem não carrega em si a ambição de controlar o que lhe afeta, mas, ao contrário, aceita a oscilação como fado?

Mas o que eu pensava das palavras era uma falácia. Porque eu esperava alguma coisa mais do que o que elas já me davam, que era exatamente o que podiam me dar. Eu esperava uma conclusão. Eu esperava abocanhar o futuro. Eu queria dar um salto para fora das palavras e ainda assim usá-las. Mas não é da natureza da razão encontrar uma completude. As palavras não são feitas para calar. O silêncio só se alcança pela humildade de não se esforçar em se concluir.

Eu me amparava na crença de que os homens, dotados da linguagem verbal e da capacidade de elaborar entendimento, eram capazes de englobar as coisas penetrando-as com sua língua de saliva translúcida até deslocar o mundo para uma nova órbita gelatinosa, em que a luz do sol seria ainda mais venerada e sua temperatura mais prazerosa porque compreendida.

Mas aí, no ideal delirante disfarçado de razão, eu não me deixava ser o que já era: a contradição.

Ao contrário do meu gesto de estudar a mecânica do que me escapasse e de procurar novas linhas de dimensão por entre a realidade que lhe desse sustento, ninguém dava muita energia para encontrar com o próprio corpo o que eu queria encontrar.

Não seria a minha busca uma distração ela mesma? Por que eu escapava tanto do júbilo dos acontecimentos e me escondia na observação da escuridão na espera de que dela surgisse um recém-nascido pensamento a explicar tudo?

Mas, afinal, haveria uma opção, um percurso de vida sem palavras? Seríamos capazes de estabelecer o império do silêncio contra o monopólio da fala? E como poderíamos escolher esse regime, se chegamos a um mundo amparado na anatomia do alfabeto, alimentados da multiplicação das notícias, educados na argamassa das opiniões, das equações, das estatísticas e das teorias sem que ninguém nos dê a chance de um mundo não preenchido e mesmo assim completo, em que o vazio fosse afirmado?

Já não era hora de lamentar. Eu era um homem maduro e não tinha tempo para isso. Havia contas a pagar, planos de viagem, sexo, esportes, refeições, noites de sono a serem desfrutadas. Melhor seria agir com o que eu tinha me tornado, aceitar que eu era a minha própria invenção.

Porque eu me cansei. Uma hora a gente se cansa, desiste de ambicionar e resolve viver com o que tem, resolve tornar-se o que se é. Aí, eu decidi exercitar o convívio com a minha ausência: com a falta de clareza.

Ao finalmente me cansar, aceitei a dúvida e a incapacidade da verdade, e aceitei também que a gente fraqueja e entra em crises, mas nada é tão definitivo quanto o nosso medo nos faz cogitar.

Foi só o amadurecimento à prestação que me levou à aproximação do terreno de poucas palavras, terreno bem mais satisfatório do que o denso pântano da comunicação ansiosa. É isto comedimento? É isto equilíbrio? Que nome poderíamos adotar por enquanto? Permissão para ter as mesmas ausências que todo mundo? Sim. Tudo isso. Um caminho demorado, sofrido, errante, esse que me trouxe até aqui. Um caminho escorregadio em que os desastres serviram de combustível não por romantismo, mas por desespero e reciclagem.

Foi o cansaço que me proporcionou o desapego à urgência do entendimento. Tomei o silêncio como uma espécie de unidade de terapia intensiva da qual eu saía sempre que sentia vontade de voltar ao comum por me sentir agradecido pelo amparo das coisas múltiplas. Chegar aí foi como adquirir uma espécie de nudez só alcançável depois de décadas me encobrindo com um milhão de equívocos e toda sorte de ação vinculada à arrogância de ser aquele que sabe o que importa. Eu deixei de me tomar como aquele que duvida porque tem razão, como aquele que apavora por lucidez, aquele que reflete porque sabe que a reflexão é o único amparo. Eu me diminuí, aceitei o desamparo e passei a me exercitar em caminhadas tranquilas no silêncio.

Por quanto tempo busquei? Quanta energia tive que gastar? Por quantos anos agonizei? Mas, sem o erro da busca pelo êxtase da compreensão do mundo, teria eu chegado à lucidez do enigma reconhecido? Teria eu vivido o êxtase da escuridão, da queda e do júbilo? E digo isso não como alguém que agora sorri e aceita, mas como quem, incapaz de se controlar, faz do silêncio um exercício esporádico. Como alguém que já sabe que

a alegria é breve e que o desamparo também é breve, mas que
cada um deles quer ficar um pouco mais e por isso cada um do-
mina o seu momento,
    e que as sensações humanas,
    nascidas do inócuo,
    dançam
    e reinam
    diante da nossa vontade
    de controle.

UMA BALEIA **ENCALHADA**

Veja que vergonha a minha. Mais uma vez estou presa a um lugar ao qual não pertenço. Tenho por obsessão me meter aonde não caibo. E por me ver agonizar tantas vezes, como se fosse eu o meu próprio predador, os pescadores se compadecem de mim e dizem que eu só vou me soltar quando me apegar mais às coisas que me são dadas e menos à minha vontade de expansão, este mistério a me insistir. Por "coisas que me são dadas" os pescadores entendem aquilo que a vastidão marítima em que vivo me oferece. E por "vontade de expansão" eles entendem a minha mania de querer chegar mais perto das coisas que me são desconhecidas e que só imagino existirem bem longe de onde habito, pra lá da praia, terra adentro.

Os pescadores gostam de me explicar.

Eles me contam que quando eu parar de pensar no que existe além de onde habito e me conformar em viver onde me foi dado viver, eu vou conseguir me soltar do banco de areia e, de fato, viver livremente. Mas é justamente isso que me traz e me prende a essa prisão, a vontade de liberdade. A liberdade mesma, ela me é essencialmente inquieta. Porque não me foi dado, até agora, aceitar. E sem aceitar, voltarei sempre a encalhar.

Estou presa. Isto dói. É horrível. Mas nunca deixarei de voltar e me atolar em minha própria ambição. É impossível desistir. Eu estou presa à busca da liberdade.

Parece que existe algum impulso que me chama aonde eu não pertenço. É verdade que não faz sentido me arriscar. Voltar ao mar é prudente. Tenho que sair desse atoleiro em que agonizo ressecada. Não sei se o que vai me matar será o ressecamento ou a minha camada de gordura, tão asfixiante fora da massa aquática aonde nós baleias submergimos, quentes.

Por que vim parar aqui? Se eu soubesse, diria agora. Mas tanto eu não pertenço ao entendimento quanto o entendimento não me pertence. Sou uma baleia. E por não entender que não posso entender, estabeleço a busca e encalho em mim mesma. Por estupidez natural, sinto ressecar meu espiráculo. Vou morrer porque a morte está na minha própria natureza.

Onde você foi se meter?, pergunto-me enquanto me debato, embora eu seja apenas uma baleia. É que para fazer perguntas não me é exigido o entendimento. Só um pouco de intuição e incômodo.

Aqui é tão diferente do mar. Onde nós baleias vivemos nenhuma gravidade pesa. Meus ossos ficam leves. Que divertido ter que me arrastar aqui, e avançar amedrontada e sedenta pelo que pode me vir a acontecer. Que alegria sinto a cada centímetro de areia conquistado. É o novo. É o mistério. Está vindo.

Mas os pescadores dizem que aqui não há nada para mim. No mar, todas as baleias são nuvens adormecidas nas ondas – um tédio ao qual eu não me conformo. Nasci assim? Contra a corrente? Eu deveria saber?

"Volte, por favor", gritam os peixes lá de dentro das ondas. Eles têm piedade. "Volte, volte", cantam as sereias e os lobos-do-mar enquanto espirram espumas pela superfície da água como que lançando braços aos céus em clemência, como se até eles recorressem a um deus em busca de se livrarem de um mal. Mas que mal? Eu?

Por estranha teimosia – talvez também por um tanto de fome e tédio –, meu corpo insiste nos perigos e acaba voltando para cá, onde a fronteira é linha de dor. A luta é comigo mesma. Eu sei muito bem. Os homens só vão me fatiar e consumir minha carne quando eu estiver morta. Hoje em dia eles são tão solidários. Mas também famintos. Abertamente cruéis quando conseguem justificar para si mesmos a crueldade. Por convencimento ou nostalgia da piedade, tentam me empurrar de volta à vida. Se eu não conseguir voltar ao alto-mar, aí sim me trucidarão com todo gosto. Ainda que disfarcem sua salivação com lágrimas ao me ver prestes a morrer, vai haver um homem qualquer no meio deles que lhes dirá: "Nós tentamos! O melhor a fazer agora é devorá-la". E eu, reanimada diante de tanta brutalidade, ágil de tanto pavor, volto a me esforçar, apesar de não ter membros capazes de empreender um resgate de mim mesma. Que nem os homens, eu também sinto medo.

Esperem, divinos pescadores! Calma, dócil gente! Agora estou tentando me arrepender. Sim, já vou começar a me movimentar em busca de regressar à moleza do mar. Mas vejam vocês, quanto mais me esforço decidida a retornar, mais me afundo na areia. A minha ambição é tão triste. Chega a ser ridícula.

Os pescadores têm razão. Eu não tenho razão. Então preciso obedecer? Eu sou uma baleia. Se não tenho a razão para obedecer, tenho meus instintos e a minha fome. Nado rumo à terra, seduzida. Não vou chegar a lugar algum. Voltarei para cá ainda muitas vezes, até que morra. Então por que não me entrego agora mesmo e desisto de voltar para o fundo do mar? A fé que eu ainda tinha vai se acabando aqui mesmo, tão logo ameaçou surgir. E mesmo assim o esforço. Tudo em mim é inútil e irrefreável. Mas é que eu também tenho dores e não vou querer morrer tão cedo.

Às vezes, de tão cansada, penso que a densidade que me imobiliza, encalhada, está na minha própria pele: a culpa disso é mais o meu peso do que o estar fora d'água. Se eu fosse leve como um peixe-pássaro, se eu fosse capaz. Às vezes quero que a areia crie verrugas e arranhões em mim para que, quando regressar ao oceano, eu leve publicada na pele a memória dos meus confrontos e dos meus esforços e dos meus riscos. Eu viraria heroína das baleias. Heroína!

Odeio estar viva e ter que aceitar que não posso mudar. Odeio não me conformar. Odeio meu *hábitat*. Foi o ódio que me empurrou consciente para o meu encalhe. Ódio que se chama inquietação. Acho que não nasci baleia por dentro. Não nasci completamente eu mesma. Inteiramente não sou isso. Sou mais. Sou outra coisa também. E é esse mais que me empurra até aqui e me faz perguntar: por que me colocaram no mundo? Que desastre ter nascido & pensar, mesmo não tendo entendimento.

Mas veja, ali na terra há árvores frutíferas! Eu nunca provei uma maçã. Que vontade!

Amigo pescador, deixe-me provar essa fruta. Como é vermelha. Que cheiro tem? E a textura, como é? Não, não me conte, eu mesma vou descobrir.

NIN**GUÉM**

Ninguém nunca quis a tristeza que lhe coube. Ninguém nunca suportou o baque do confronto consigo mesmo sem fabular uma fuga imediata. Ninguém nunca ficou parado na dor até fazê-la realizar o seu último espasmo. Ninguém além de mim.

Meus amigos me reprimiram a vida inteira, diziam que eu demorava demais naquilo que todo mundo evitava. Diziam Reage!, diziam Já deu!, diziam Você gosta de sofrer! Afinal, enfrentamos tanto perigo e nos machucamos tanto e precisamos nos esforçar tanto contra a correnteza fatal dos acontecimentos que merecemos sim o riso tatuado no rosto, a cabeça aberta no éter, o corpo transbordado na dança, a autoconfiança fictícia no pó. Acontece que nunca me convenceram do ótimo obrigatório, nem os propagandistas da dissolução desesperada nem as indústrias da alegria. Nem muito menos as campanhas publicitárias de açúcares usados para disfarçar as marcas, nos nossos corpos, da melancolia. O mistério não pode ser disfarçado nem embelezado. O mistério não pode ser rejuvenescido. Se você disfarça o mistério, ele se afasta um pouco mas logo volta sob o nome de ressaca. O mistério tem mais é que ser assumido como uma marca de nascença – mas não como um sinal charmoso que se traz na pele desde dentro do útero, e sim como a cicatriz formada lentamente na própria experiência de ser atirado no mundo, já que nascemos todos os dias – e isto dói. Uma cicatriz que perdeu a razão de ser mas que continua ali, escura, de onde só se extrai ausência.

Além do mais, quem aqui pode se considerar o dono do tempo para medir o prazo correto das sensações e me obrigar à cura? Quem é a autoridade a me dizer quanto basta de lucidez?

E apesar dessa acusação de que sofro por abraçar o pior, eu nunca quis reforçar minhas dores com a química. Nunca tomei a dor com orgulho nem promovi euforias e ressacas. Eu quis, isto sim, a dor pura, sem fertilizantes. Eu quis assumir o que era meu. Se é a dor que me é própria, eu não vou falar de outra coisa. A dor sem conservantes. A dor sem trilha sonora. Pura como um contato com o divino. A dor legitimada. Que ela dê o quanto tiver para dar. Quem sabe assim, no reflexo do enfrentamento, posso me levar à frente mais limpo, mais aceitativo, mais expurgado? Sobretudo livre de toda prepotência?

E assim, sozinho como sempre fui, sem disfarce, enquanto me via impelido pelos outros a buscar amparo na gargalhada a todo custo, sempre suspeitei desse mundo em que, sobre o êxtase de uma paixão recém-concluída, corre-se desesperado atrás de se atrelar a um novo gozo, depois outro, depois outro, encobrindo todos os nossos furos que dão no fundo discreto das nossas camadas, borrando todos os sinais da nossa orfandade com maquiagens berrantes e companhias urgentes e aplicativos de sexo, até que toda amargura e solidão se concentrem num domingo inevitável, inflado de angústia e com horas contadas, mas já avizinhado de uma segunda-feira cheia de obrigações com as quais nos distrair.

Se eu me recuso a repetir esse movimento, é por honestidade e coerência.

"Não vamos deixar que os pontos cegos da nossa anatomia cumpram com seu constrangimento e nos agonize diante do nosso próprio vazio!" – esta tem sido a lei. Como se aceitar o escuro e a agonia significasse se atirar para a nudez da morte, esta que disfarçamos a todo custo –, como se aceitar o escuro não fosse, na verdade, aceitar a persistência vital mais inconclusa.

Pois essa postura diante da agonia eu nunca entendi, e foi por não entender que nunca a aceitei: sempre paralisei diante de tudo o que não pude controlar. E, na paralisia, eu era um corpo que caía para dentro. Eu olhava ao redor, via blocos de rua, via fantasias, via conversas interrompidas por gargalhadas e beijos, e parecia que só eu aceitava a queda. Só eu abria o meu peito e dizia sim ao não. E no entanto nunca me senti melhor por isso. Nunca me senti especial. Pelo contrário: vêm daí a minha fragilidade e a minha timidez. Vem daí o meu desencaixe.

Meu sonho sempre foi ser igual. Porque ser igual sempre me pareceu a melhor maneira: os outros sempre tão mais à vontade do que eu. Ser igual significava viver com facilidade, escorregar sem resignação para dentro do mundo. Acontece que o meu corpo é pelo avesso e, constrangido pelo horror, eu nunca quis me expor. Nunca desejei mostrar a ninguém o espelho que ninguém queria ver. Nunca desejei ser rejeitado. Eu também queria colo. Também queria ser bonitinho. Também desviava da desolação e da vertigem em busca de acolhimento. Mas confesso que havia, dentro da desordem a que chamei de lar, cujas paredes eu mesmo ergui sobre o terreno vulnerável onde me coube crescer, confesso que havia aí qualquer força, qualquer firmeza, virtudes só minhas. A isso que sou dei o nome de coragem.

TAL**VEZ**

Talvez porque nunca tive avós, foi observando a minha própria mãe que aprendi a calma conquistada pela força de viver décadas e mais décadas e ainda gostar dos dias. Não tinha eu um referencial ancião. Não foi num livro nem em conversas com homens catedráticos, coisas tão antigas, que as lições vieram – embora a convivência com eles por alguns anos tenha reforçado o meu entendimento da sacralidade do sorriso sem instrução. Mesmo assim, foi preciso que eu colocasse meus pés no país dos doutores para entender onde esteve o ouro o tempo todo e voltar mais valioso ao sorriso que, depois de perdido, me fará um homem à deriva.

O contraste entre erudição e afeto me deu conclusões infantilíssimas. Talvez por isso eu tenha me transformado num bebê. Tenho pensado por exemplo que os homens brutos, longe de uma formação erudita, têm uma beleza mais aberta e perigosa do que qualquer um que se enfeite de joias teóricas – a beleza de quem é imediato não tem nenhuma fragilidade porque é brutal e direta, marca na pele, enquanto a beleza dos que se pintam de ambição só vem pelo esforço de quem se tatua de teses e se toma por esclarecido, sofisticado. É por não exigir técnica, mas somente a coragem da nudez, que a gente honesta é tão bonita. Porque se o universo não faz nenhum esforço além do espontâneo para se realizar, então está mais fiel à sua dança aquele que não tenta ser deus, apenas convive.

Para ser vista, a nudez bonita dos homens imediatos exige olhos gastos de bebê velho, arrependido de excessos, feito os olhos de uma mãe que quanto mais velha mais abraça, sem relutância, aquilo em que o filho se transformou. É isto que tenho aprendido. Não foi por outro motivo o meu distanciamento quando naquele Sábado de Aleluia fui com Natanael ver pinturas de paisagens na casa de um velho pintor, e Natanael, um jovem, em outras palavras um arrogante, desprezou as paisagens e se achou com razão por não ver nada demais ali, enquanto eu, que descobri recentemente, a duras custas, a beleza pura e difícil do simples, admirei cada tela justamente pela sua ausência do demais, e me soube incapaz de tamanha divindade, e agradeci ao sujeito que as pintou e deu aquilo aos meus olhos. Mas o próprio Natanael tinha uma beleza que era tão maior quanto a sua incapacidade de sabê-la: Natanael era ainda mais sedutor porque, homem inexperiente, ignorava a própria ignorância, deixando-se livre para julgar as coisas como bem entendesse dentro de sua jovialidade, e era mais bonito assim porque tudo o que não se sabe, adolescentes pássaros plantas paisagens, é ainda mais convicto. De modo que naquele dia eu estive rodeado de duas honestidades diferentes, uma homem, outra feita por homem, e gozei das duas.

Das andanças entre eruditos e mães, uma lei sempre esteve aqui: ser honesto. Foi isto que mamei na teta do mundo e foi isto portanto que tomei para mim como mandamento depois de sair do colo da minha mãe e conviver com inúmeras religiões e ter sido hospedado em casas de ouro e livros, e me despedir disso tudo para voltar a me expor ao sol. Ser honesto: será possível aceitar essa utopia ainda hoje, quando não sou mais tão inocente?

Mas, afinal, todos os nossos rumos não são utópicos? A honestidade é mais um desses ideais. Então já não importa que a nudez da sinceridade, esta busca pelo real, também seja uma utopia. Não importa que a vergonha venha nos assombrar quando estamos prestes à transparência de nos expor tão errantes, tão menores do que gostaríamos. Porque quando você sabe a urgência de ser honesto, quando você sabe que ser honesto é ter fidelidade consigo e dá um salto sobre a sua própria vergonha de se mostrar frágil, você termina o salto ainda mais forte, cumprido, realizado, e chega mais perto do futuro porque se coloca exato no instante presente – você cumpre o seu papel, que é ser contemporâneo, e então é alcançado pelo fluxo do tempo. E depois desse clarão pode até ter medo do futuro por se dar conta de que teremos uma vida de sobrevivência cada vez mais agônica, em que nossos deuses e heróis serão os mais pobres e miseráveis, adaptados ao horror. Pode ser que você tenha medo, mas logo vai se acostumar, e com paciência vai se adaptar e sorrir, e vai agradecer por estar vivo na mesma época em que os índios restantes ainda estão também, ignorados por nós, glorificados pela nossa suposição de que agora estão dançando com os últimos espíritos da floresta, belos e inacessíveis, pintados de urucum numa clareira multidimensional. E se, apesar de tudo isso, nós, homens tardios e ressacados, homens de inveja, concreto e fama, homens esforçados e pudicos, quisermos manter assumida a nossa ambição em busca da verdade, poderíamos agora nos aproximar dela concluindo assim: a verdade aparece pela luz materna da honestidade.

AGORA

A hora viva da escuridão é quando as baratas exploram os pratos sujos nas pias, os grilos podem cantar sem timidez e os ratos devoram restos de sanduíches nas calçadas das avenidas centrais. Essa é a hora dos esquecidos, quando toda certeza do que não é certo vem à tona. É o instante das verdades veladas. É aí que as nuvens não precisam criar sombra aonde animal algum busque se esconder. É a hora em que tudo é sombra e sede, em que o ouro deixa de brilhar, as poças d'água não têm luz para refletir, os manequins de fibra de vidro, em pose nas vitrines, fazem cena para ninguém, enquanto os bichos de pelo claro ficam opacos de excitação e os de pelo negro se camuflam e digerem a noite. Aqui no centro dessa hora, em que os animais circulam e babam, as coisas se movimentam não por vontade própria, mas por ordem. Os homens, exaustos de tédio, são obrigados pela lua a trabalharem seus instintos – sem questioná-los, apenas cumprindo-os. Há um despertador dentro de cada um dos notívagos, e todos eles tocam o alarme da caça. Os homens, então, como zumbis atrás de sangue, perambulam pelo território da carne preferida. E como balões de hélio largados das mãos de crianças, os caçadores têm pressa. Mas, inteligentes como um morcego ante o pássaro em sono, os zumbis sabem aguardar o momento do bote. Enquanto aguarda, o caçador sonâmbulo estuda de longe os traços da caça, como ela se comporta, seus contornos, suas fronteiras, sua pele fresca. A música é alta no deserto dos famintos. Mas o homem é um morcego com o poder da linguagem nas mãos e na boca, o homem tem as palavras como unhas. E é com palavras que ele abre caminho no ruído escuro e chama a caça com nomes afiados. Ele a atiça e atrai com palavras só um pouco doces; e como um zumbi com dentes de morcego, ele sorri frases de apetite; e como balões de hélio, ele faz a caça pedir para ser presa; e como crianças sonâmbulas, ele sonha, projeta, realiza. A caça inclina o seu torso e o bote lhe toma de mordida. Aí o corpo é tomado pelo caçador: o sonâmbulo: o mamífero com asas e dentes: a criança com o balão resgatado: o ruído duro e gordo. E o corpo caçado vai sendo invadido boca adentro. E a própria boca se abre e se faz porta. E as outras mucosas, como morcegos famintos, ficam com inveja e também se preparam para virarem portais de acesso ao impulso saciado.

NASCI**MENTO**

Então eu vi você nascer.

Cheguei à sua casa duas semanas antes do previsto, queria me preparar costurando uma rotina ao nosso redor para deixar a sua mãe e o seu pai à vontade com a minha presença. Sua mãe ia pôr você no mundo ali mesmo, naquela casa sem portas entre os cômodos, e eu tinha que não incomodá-la, eu tinha que ser igual a intimidade. Eu estava ali para acolher. Não era só eu quem ia acompanhar vocês. Era eu, seu pai, seu padrinho, sua madrinha e a filha deles, de dois meses; e era ainda a parteira, uma senhora estrangeira de mãos pequenas mas que se mostraram mais medicinais do que as de qualquer doutor. Estávamos todos ali, conversávamos, esbarrávamos uns nos outros entre os corredores, estabelecíamos vínculos entre toques e palavras para que quando você chegasse – o que podia acontecer a qualquer hora –, encontrasse em nós uma rede morna aonde se saber bem-vindo.

Não havíamos escolhido e organizado aquela afinidade. Tudo se deu em trama forte como são as pontes entre as pessoas, laços que a gente não vê, nós feitos em dimensão diversa da matéria. Cada um de nós estava ali por uma razão, e todos nos encontramos no centro da sua galáxia. Eu, por coincidência ou sincronia, estava prestes a entrar de férias do meu trabalho burocrata quando recebi o convite de seus pais para que fosse passar dias praticando a medicina do contato com as forças do vale em que fizeram morada, pois o meu desânimo crônico diante do decorrer humano e social e o meu desespero diante do tempo sem controle dos desastres, ainda que significassem alguma lucidez, estavam deixando seus pais preocupados e me aproximando de um esgotamento venenoso – porque até a lucidez, quando excessiva, vira vício, pesa e estrangula. Por isso eu fui. Seus padrinhos estavam lá porque tinham sido escolhidos para te dar suporte, eles que tinham passado por um parto havia pouco tempo e dado luz àquela menina tão nua que conheci ali; mas seus padrinhos também tinham ido ajudar seu pai e sua mãe a aprender a aproveitar o solo e cultivar árvores, raízes e ervas para fazer progredir suas vidas e seus corpos como resultado do trabalho no plantio da própria nutrição. Já a parteira, uma viajante sem raízes além do sotaque espanhol, sua mãe a tinha conhecido por acaso, meses antes, ao visitar a casa de uma amiga – a senhora de mãos pequenas tinha vindo por recomendação fazer um parto do outro lado da vila, e ela e sua mãe se conheceram na cozinha daquela casa, onde sua mãe estava sentada tomando um café enquanto conversava com a mãe do recém-nascido. Quando a parteira apareceu com um sorriso e o bebê no colo, sua mãe se interessou por ela, por seu gesto a um só tempo gentil, cuidadoso e sem esforço – aí ela, a parteira, dispensada daquele primeiro trabalho e à procura de um lugar para passar a noite, com vontade de continuar a se atirar na estrada dos acontecimentos, pegou carona para ir até o centro na garupa da bicicleta da sua mãe, mas pela conversa breve do caminho e pela simpatia mútua dos sorrisos abertos de ambas, foi parar na casa dos seus pais, e acabou se hospedando ali e se dispôs a ser a mão que te guiaria na entrada do mundo. E agora, desde que eu havia chegado, ela estava hospedada na casa que existia ao redor da barriga que era a sua casa. A parteira fazia massagens na sua mãe e em você, indicava e preparava chás, escolhia músicas para tocar ao seu redor. E esperava pelo ato principal.

Porque você ainda se protegia por dentro da barriga. Você sentia medo e hesitava em nascer e ficar igual à gente, com uma camada a menos de proteção. Ou estava pronto, sempre esteve, e por isso mesmo cumpria o tempo calmo das coisas exatas. Você esperava pelo dia em que um respiro dilatado te faria explodir o líquido colado no lado de dentro da sua mãe, o que por sua vez te faria se movimentar ansioso e faminto de mundo. Assim, sem muita exatidão possível para se alcançar qualquer explicação definitiva, essa urgência que se dá às coisas vivas ocorreria em você. Aí você se empurraria, você não caberia mais na proteção do que é frágil demais para se assumir. Você ia causar uma dor enorme, uma dor muito grande mesmo, e ia também sentir dor e falta de ar no caminho até aqui, porque a beleza e a alegria do que chamamos vida nunca vêm ao mundo sem desespero nem agonia. Então seria graças à agonia que você nasceria. Você, agônico como uma bênção, já não caberia mais do outro lado, o lado escuro, e então se mudaria para cá, lar da luz. Choraria não de dor, mas de alívio, porque a dor, o desconforto, teriam se acabado. E nós ouviríamos o seu choro e te devolveríamos sorrisos e balbucios doces, úmidos de carinho.

Do preparo de alimentos era feita boa parte do nosso tempo de aguardo. Tínhamos que providenciar tudo o que comíamos todos os dias porque aquela casa era distante de qualquer mercado ou padaria, e tudo o que tínhamos vinha da graça da comunhão entre terra, água e sol. E nós cozinhávamos sem nenhuma preguiça. Cozinhávamos agradecidos e alegres pela chance de dividir. O que dava ânimo às nossas mãos na sova das massas e no movimento circular das colheres nas panelas era agradecimento e adaptação ao tempo exigido pelo que se pega cru e se trabalha por cima, artesanalmente, descascando, cortando, misturando, cozinhando, assando, em ações de homens e mulheres clássicos, agradecidos por estarem assim mais próximos do puro.

Tudo é nascimento o tempo inteiro. Mas enquanto você não chegava de vez, ou enquanto a maturidade que traria você ao mundo não atingia o sol e nem a lua intervinha com força no instinto de Vênus da sua mãe, íamos todos os dias eu, a parteira, seus pais, seus padrinhos e a filha deles nos banhar em cachoeiras. Nós nos batizávamos brincando em águas correntes. Fazíamos retornar ao mundo a nossa própria criança. Antes de sairmos para cada banho preparávamos novas refeições para termos o que comer aonde fôssemos, assim podíamos ficar por muitas horas na dedicação ao abraço das águas sem que a fome, instinto tão urgente, nos interrompesse a alegria preguiçosa, primitiva, do banho. E aí, cheios de comida e alegria, seguíamos rumo às corredeiras que desciam entre aquelas pedras que, no vale abençoado, eram todas cor-de-rosa e verde-claras.

No começo das nossas caravanas tomei banho com meu calção, mas via seu padrinho tirando toda a roupa para mergulhar, e ele ficava tão bonito sendo inteiro só ele. Sua mãe cobria a parte de baixo da própria sensibilidade e deixava os bancos de leite à mostra. Era a mais bonita. A barriga que envolvia você resplandecia nas escamas d'água. Seu pai fazia como eu, mantinha-se coberto por uma bermuda. Sua madrinha e a parteira gostavam de manter o enfeite dos panos nos corpos, o que eu também admirava porque os tecidos eram leves, claros, às vezes com estampas que borravam a vista delicadamente, entre flores, folhas e nuvens – reproduções belas, e por isso justificadas, da beleza maior. Mas logo na terceira ou quarta ida às cachoeiras eu também me livrei do peso chamado pudor: tirei toda a roupa de cima da minha pele e experimentei o que tinha a experimentar: homem imediato num mundo cuja única ordem é o sim. A nossa brincadeira era a ancestralidade. Cada um podia fazer o que quisesse. Esta era a lei, cuja base única, firme e incontestável, era somente a sacralidade da vida. Por cima disso, tudo mais podia ser feito. Porque os humanos, graças à lucidez da escolha, são animais guardadores da expansão: é aí que mora a beleza nos seus olhos, aí que eles se realizam ativistas do êxtase, esticadores do instante e guardiões do sim.

Fomos a várias quedas-d'água porque a região da sua casa é ninho universal. Entre pedras, as águas transparentes; entre águas, peixes e anfíbios. Por cima, pássaros; ao redor, árvores que sacolejavam convencidas da dança pelo vento; e camuflados, arredios, bichos selvagens, sábios em se esconder do perigo da presença humana, lucidez e horror da escolha. Libélulas atravessavam o meu caminho o tempo todo na altura dos meus pés sempre que eu caminhava nas pedras úmidas, e tudo o que eu pensava era: vim a esta região e há um bebê que verei nascer, as libélulas me guiam os passos e eu confio nelas, este é o anúncio do caminho, a floresta me quer contador deste acontecimento.

Foi assim por vários dias. E a cada dia nos limpávamos mais da ideia de que éramos indivíduos, de que tínhamos fronteiras entre um e outro. Não, não somos sozinhos nunca, nem temos fronteira, e a própria pele é prova disso quando recebe carinho, brisa ou banho, e se arrepia, e gosta.

Talvez isto tenha culminado no dia em que seu padrinho, ao me agradecer pela doçura do bolo de abacaxi que eu tinha feito e tirado do forno, e que ele e sua madrinha acabavam de experimentar, me abraçou por trás e me deu um beijo no pescoço e depois um beijo na boca, e sua madrinha, assistindo à cena, me abraçou pela frente e nos beijou juntos. Porque era como se a cada dia, a cada passeio, a cada noite, chegássemos mais perto uns dos outros, a ponto de querer nossas línguas trocadas, nossos órgãos interagindo por ordem do prazer só alcançado na fusão entre indivíduos. E o que é o beijo senão a dissolução? E o que é o sexo se não o êxtase da comunhão? Naquele momento em que os três nos repartimos e nos diluímos uns por dentro dos outros, nos assumimos a trindade que te traria ao mundo neste ato: amor.

Até que você finalmente empurrou o útero da sua mãe e ela expeliu a água que anunciava que você estava por vir. Era noite e tinha que ser noite, porque é do mistério que a vida vem. Seu pai, sua mãe e você tinham ido à cidade comprar farinha para o pão, e nós, os outros, ficamos em casa. Quando a porta se abriu cedo naquela noite eu pensei que fosse só o vento, afinal seus pais tinham saído fazia menos de uma hora, mas era bem mais do que um bater de porta. Sua mãe colocou a cabeça para dentro da própria casa e disse:

"O Bento virá."

Curioso como os ventos estavam tão fortes, porque este nome, Bento, que seria o seu, a gente tinha escolhido dias antes, por sugestão e sotaque da parteira. Na hora em que sua mãe disse aquilo, eu me lembrei de que, mais cedo, naquele dia, quando um casal de araras inéditas me sobrevoou na Cachoeira do Meio, eu havia notado que o azul delas era o mesmo das libélulas. Arautos à beleza, alegria anunciada que pede espaço: eu via tudo e pensava que você merecia chegar e, como tudo o que vem a existir, se colar ao próprio nome ao ser pronunciado, e pela linguagem se dar ao mundo. Bento. E então você veio no vento.

Quando você anunciou, com aquele estouro líquido e noturno, que estava para chegar, a parteira disse que você ainda ia demorar horas, que você amanheceria ainda dentro da barriga.

50

Então eu me deitei na rede no terraço para deixar todo o espaço da sala à sua mãe. E os seus padrinhos e a neném se deitaram no quarto que já estava sendo deles, em busca de antecipar algum descanso para acompanhar a força do que estava por vir. Seus pais ficaram conversando na cozinha com a parteira. Eu os ouvi enquanto me balançava na rede. Sua mãe estava tranquila, e perguntou se alguém poderia fazer um chá que lhe transmitisse conforto. E eu deixei que os sons me entrassem pelos ouvidos. Toda ingestão, toda escuta, toda visão, todo toque: tudo é troca o tempo inteiro.

Amanheci com os gritos da sua mãe. Me aproximei da sala e vi que ela estava nua no corredor. Andava da cozinha para a sala e da sala para a cozinha. Para não atrapalhar, dei a volta na casa e entrei pela porta de trás até a cozinha. Os seus padrinhos estavam lá, acordados e preparando comidas. Sua madrinha sovava massa para fazer biscoitos de polvilho, seu padrinho descascava maçãs para fazer geleia. A parteira fumava tabaco. A bebê dos seus padrinhos, encostada numa almofada azul sob a luz que entrava pela janela, brincava com um chocalho. Eu fiz café, me sentei e fiquei em silêncio.

Foram tantas aquelas horas de dor recebidas por sua mãe qué, sem saída, ela dava gritos. Feroz. Uivava. Mas eram agonias intervaladas por silêncios ou conversas cordiais, porque depois de tantas horas as coisas tendem à aceitação. Eu ainda não sabia, mas além do tempo da noite atravessada, passaríamos a manhã inteira no seu processo. Sua mãe de vez em quando entrava na cozinha e agarrava um pedaço de pão ou tomava um gole dos sucos de cupuaçu e goiaba que eu ia preparando para nos refrescar daquele dia abafado depois da noite que te anunciou ventania. Nua, andava pela casa inteira sem ter onde deixar a dor que cortava seu corpo. Ia até o quintal e voltava passando por nós sem nenhuma vergonha, porque por trás das roupas somos todos verdade, dor forte, e ela vivia um momento de completa honestidade, e caminhava desse jeito, colada somente à sensação de urgência, porque sabia que aquelas contrações eram a geração de um universo, e que ela era a mãe inescapável do todo, que o seu umbigo era, por dentro, o magma primeiro, e que só com mais dor, mais desespero e agonia é que ela ia conseguir fazer brotar uma luz.

Os gritos dela aumentavam e ficavam mais graves, mais animalescos, mais revoltosos e menos aceitativos. Às vezes ela gritava palavras de desistência, mas quando a parteira perguntava se ela queria ir a um hospital, ela ficava em silêncio. Os intervalos entre as contrações diminuíam cada vez mais, e mesmo assim eu e seus padrinhos devemos ter passado três ou quatro horas com a impressão de que era no próximo cume de dor que você viria. Mas os instantes em sucessão demoram a dar lugar ao que se espera. O tempo das coisas dilacerantes é imprevisível, a dor pode sempre ficar maior, e quando achamos que não suportamos mais, pode ser que venha dor mais incisiva, e fiquemos ainda mais graves e nostálgicos, ou pode ser que reajamos com raiva e coragem sem escolha, e gritemos mais alto do que onça, tucano, cão. Mas depois de toda dor virá sempre um resultado que com cuidado será bom, luminoso, grandioso. Ter força é a nossa obrigação. É por força que se faz nascer.

Mas os gritos da sua mãe nos deixavam assustados já, até que ela resolveu entrar na pequena piscina de plástico colocada na sala e que havíamos preparado pela chance de ela decidir ficar na maciez da água para amenizar o dilaceramento do final do seu começo. E lá dentro ela ficou com seu pai e a parteira na borda, e eu e seus padrinhos continuamos na cozinha, para jamais lhe sobrecarregar com a imaturidade da nossa pressa. Cansados da espera, poderíamos ter saído para dar uma volta no quintal ou nas trilhas ao redor, vias tão floridas de jacintos e jacarandás, tão visitadas por abelhas e pássaros – mas não ousávamos sair de dentro da casa porque sabíamos todos que estávamos nas margens da dobra cósmica do grande acontecimento.

Então sua mãe gritou por sua madrinha, e ela, que nos fazia companhia na cozinha, entrou na sala, deixando esvoaçado por trás o pano que servia de divisória entre os dois espaços principais da casa. Ficamos eu, seu padrinho e a neném na cozinha.

De lá ouvimos a parteira e sua madrinha mandar sua mãe fazer ainda mais força porque já notavam o topo da sua cabeça corajosa e pequena transbordar para dentro do mundo. Sua mãe parecia chorar quando gritava: "Vem, meu filho", e nessa hora eu também chorei.

A parteira continuou insistindo na obrigação de sua mãe fazer ainda mais força, dizendo que você estava vindo cada vez mais para o mundo, que sua cabeça já estava inteira aqui e que agora era só o seu pequeno corpo que precisava desagonizar. Mãos tão mínimas, bracinhos, pés, tornozelos, todos lá no escuro ainda, preparando-se para ser beleza. Por uns segundos você ficou entre nascer e ter nascido. Entre sim e não. Mas você e sua mãe eram tão fortes que fizeram mais força e aí ouvimos da cozinha, eu e seu padrinho, suspiros fortes e aliviados, o que rápido entendemos ter sido uma reação à sua chegada completa.

Por alguns segundos esperamos o seu choro e ele não veio, e os adultos ao seu redor continuavam silenciosos, então começamos a nos agonizar eu e seu padrinho, dois homens perplexos e apressados demais, mas nossa suspensão não demorou muito, porque o som da sua primeira voz, o primeiro ruído a atravessar o seu corpo, anunciou não só o seu incômodo fora do universo ulterior, com o qual você estava tão acostumado mas que já não era capaz de conter a sua grandeza, mas ele anunciou também o seu respiro inaugural depois de tanto crescimento e apropriação. E você chorou mesmo, e eu e seu padrinho finalmente entramos na sala e vimos você com cara de recém-chegado.

O seu corpo bem pequeno e grande estava exposto e vivo, podia receber abraços, proteção, leite, beijos, ia crescer bem devagar, o som e a visão, o tato, o gosto e o cheiro iam te atrair ainda mais para dentro do mundo e você ia descobrir o que é beleza, alegria e tristeza: fundição – e isso só se alcança quando se perde a proteção dupla de estar dentro de um universo dentro de outro. Você então ficou imediato como todo humano. Você ficou vivo. E nós ficamos aliviados. Você era enorme e minúsculo. Era chorão e alegre. Pronto e primordial, muito sonolento porque cansado. Mas veio, recebeu nossos sorrisos, nossos carinhos tão leves, costurados nas pontas dos dedos das nossas mãos. Com alegria. Completamente.

Então eu vi você nascido.

CONTAS A **PAGAR**

Nem sei por onde começar. Continuo aqui depois que todo mundo subiu os degraus, continuo no porão desgraçado, sem ter o que fazer, sem razão nenhuma para viver continuo vivo, sem nada que apareça, mas pelo menos gozando do silêncio, raridade lá em cima, onde todos por desespero fazem festa. Estou trancado neste lugar e tudo o que sinto é raiva. Sou tomado por uma ira que se volta contra si mesma quando tudo o que eu quero é paz, e eu não me suporto quando não encontro saída para me aliviar. Mas é uma ira que deixa claro que eu não sou só eu, que eu só sou uma parte com raiva do mundo que se trancou aqui e segue à minha revelia e uma outra parte com raiva de mim por ter, ainda, sempre, raiva do mundo, já que ele não vai mudar para me agradar.

Mas é que o mundo é um lugar de desconforto, e eu não encontro sequer um prazer que dure mais do que a sensação de esforço, de cansaço, e isso é quase sempre em vão. Porque, convenhamos, eu fracassei, não é por outra razão que estou trancado aqui, excluído, expulso da convivência. E é isso que, quando não me desanima a ponto de eu desejar morrer – sim, isto também, a grande saída –, me deixa raivoso feito um cão cego de cólera.

Mas aí, no centro da minha raiva, por ela ser uma raiva dividida – uma raiva que se direciona ao mundo, que o culpa e quer mordê-lo com violência, e uma raiva contra mim mesmo, que não se convence a desistir de tudo de uma vez, a aceitar tudo como é, e seguir, apenas seguir –, é como se existissem dois em mim, cada um com sua revolta, com sua voz, com seus ecos. Um que veio ao mundo no dia mostrado na minha certidão de nascimento, este que tem a minha idade, atende pelo meu nome, este que está trancado aqui, e portanto está no mundo há não muito mais nem muito menos tempo do que qualquer um vivo agora; mas há também um outro de mim vivendo em mim, um que já sabe muito mais coisas do que eu porque veio de outro lugar, de outro tempo, e se apossa desta conjuntura molecular que deu origem a mim, como se o meu corpo vivo, neste tempo, tivesse aberto espaço para ele se reajustar ao mundo e, de alguma maneira, interagir com a vida através de mim. Este outro, este que sabe e que tem um histórico, ele já esteve no mundo, porque em algum outro instante, na infinidade de tudo o que existe, existiu e existirá, este mesmo mundo em que estamos vivos já aconteceu, não tem como não ter acontecido, porque na eternidade tudo cabe e tudo também pode, em algum momento, voltar a ser. Então é como se ele já tivesse estado aqui, e tivesse sido eu mesmo nessa outra vez em que estive antes, mas naquele tempo ele esteve por completo, enquanto agora ele está como um espírito dentro de mim, que sabe mais do que eu.

Mas é dele que vem essa raiva sem resposta contra o mundo inteiro? Ela me pede espaço e eu reluto em lhe dar voz porque resisto, é assim que eu sou, um homem arrogante que não dá o braço a torcer, reconheço, mas porque tenho razão, sei que tenho razão dentro de mim, e então me recuso a aceitar que esse outro em mim me domine e venha a ser no meu lugar, e fale sua própria fala através de mim. Embora calá-lo pareça ser justamente o que o faz gritar ainda mais alto. Exatamente como eu. Quanto mais oprimido, mais revoltado. Mas não vou deixá-lo me dominar.

Ou será que talvez, se eu o deixar ser e ter voz, talvez eu também me realize aí? Se é em mim que essa transmigração se dá, é porque ela também faz parte do que sou? É porque a voz dele agindo sobre mim também me constitui? Como se, sem ela, sem ele, eu não cumprisse com a minha própria identidade na rede cósmica dos acontecimentos, da vida e da consciência? Mas é por não saber lidar com isto que vem e me invade e que não era, até recentemente, imediatamente eu – porque eu não ouço esta voz e esta ordem desde sempre –, é por não saber lidar com isto que a raiva que este outro sente e que eu sinto por causa dele, mas que não é minha, me provoca revolta, e faz com que eu me volte contra isto que está em mim mesmo. Porque parte dessa raiva é vivida como novidade e escracho – é a raiva que diz "o mundo está errado!", "vamos lá!", "mostre os dentes", "você ainda não foi tão longe quanto precisa ir na sua revolta", "acuse-os", "grite nomes feios com eles", "se esforce para ser ainda mais exato no que é que eles têm de culpado e que só você vê". Mas a outra parte, a parte deste que sempre fui desde que nasci, a parte que pondera, a parte que quer tranquilidade, a parte que quer pertencer e fazer bem-feito seguindo regras, parte que quer saúde, esta parte já sabe dos desgastes que é me voltar contra todos tentando mostrar que são eles os responsáveis por minha condição desprezível, por eu estar preso aqui neste lugar fedido sem um tostão, por eu não ter uma vida decente quando a minha vida é a minha única chance de ter algum prazer. Esta parte que pondera já sabe, por já ter tentado resolver as coisas assim, ela já sabe dos prejuízos de se rebelar, da ingenuidade dessa resistência, e então é tentada a pensar de maneira mais cínica pela outra parte, a parte mais velha e escrachada que gargalha enquanto diz: "Você se faz de coitado e vai ficar o resto da vida aceitando esse veneno que te dão?". Porque este outro é mais livre do que eu, já que não tem corpo próprio, é mais etéreo, e já viveu e sabe como tudo se acaba, e por isso não tem nada a perder, e por não ter nada a perder adora colocar tudo em jogo, e por já ter vivido tanto tem sabedoria para me convencer.

Mas, ao mesmo tempo, ele se apega a estar no mundo de novo, ele se apega a estar aqui através de mim, se apega à sorte de ter encontrado o caminho de volta e agora interagir e participar do mundo através de mim, e gosta da briga pelo controle das minhas ações que tem entre ele e mim, o recém-nascido, ambos eu, um com data de nascimento correspondente à minha, data recente, o outro sem data de nascimento ou morte, fantasma.

Mas então, apesar do medo de ser dominado por um fantasma, de perder lugar no mundo e dar lugar a este outro que não era eu até pouco tempo, apesar disso tenho vontade de dar voz a este que está em mim para ver o que ele tanto quer, e também para tentar provar para ele o quanto ele está errado, o quanto nada vai dar certo mais uma vez, o quanto nada vai mudar com este grito que eu der. E tenho vontade de lhe dar voz agora também porque suprimir a força com que ele insiste não me parece estar sendo um método sensato de lidar com uma agonia, porque ela não vai embora nunca, incômoda insistência. É preciso enfrentá-la, deixá-la fluir, assim pois diante do medo o melhor a fazer é enfrentá-lo. Do contrário, ele permanece, se alastra, reina, nos priva de viver nossas vontades, de tentar, de nos realizar, de crescer.

Então eu sei que vou ter que narrar para poder fluir. Sei que vou ter que dar voz a este outro porque já não é possível pensar em viver calando-o e sentindo sua revolta me perturbar se apossando do meu corpo e me apodrecendo. Eu vou fazer isso por esperança também, esperança de que não mais empurrá-la para debaixo dos panos, mas deixá-la ser o que quer ser e gastar o que tem de pior para gastar – eu tenho esperança de que isso vai me levar a uma melhor condição, uma condição menos raivosa, menos revoltada, menos perturbada.

Mas então eu sei que vou começar falando da revolta que é ser o próprio campo dessa batalha de dominação e de necessidade de expressão. Vou falar dessa raiva que é o ponto de interseção entre mim e este outro que se incorpora em mim, porque ela incha e vai criando corpo próprio, até que na palavra encontra abrigo. Porque é na palavra que ganha lugar no mundo, ganha registro, ganha uma autêntica presença e deixa de ser um sussurro, uma insistência, uma sensação, um vulto, para virar voz, vigor, evento.

Mas então este que em mim já viveu e sabe de tudo, desde o começo, sempre soube que vou narrar isso de qualquer maneira, aceitando a necessidade de narrar ou não. Ele sabe porque já viveu e esteve por aí por muito tempo fora do tempo, e sabe do passado e do futuro como sabe do presente, e sabe que todo este tempo em que relutei em lhe assumir foi necessário para que agora, finalmente, eu lhe dissesse sim e lhe abrisse a porta que lhe dará voz, e começasse a narrar as suas próprias palavras.

Porque o choque entre esses dois em mim, entre o homem disposto ao mundo e nascido há poucas décadas, o homem com certidão de nascimento, o homem encantado ao olhar o mundo, cheirar o mundo, sentir o mundo, o homem que sente a partir desse encanto a vontade de cantar o mundo, de enaltecer a beleza e o êxtase de estar no mundo, entre este eu e o homem cínico e já morto que retorna do obscuro e faz piada com o mundo, gera em mim a necessidade de descanso, e eu penso então em como seria vantajoso ficar quieto, sem agir, penso nas vantagens sábias de nada querer, de nada fazer, de nada buscar. Porque não fazer, não dizer, não trabalhar, não levantar da cama, não dizer verdades na cara do mundo, não levantar a voz e deixar que tudo apodreça parece mais sensato. Enquanto isso, aquele que em mim sabe de tudo ri da minha agonia que me faz desejar desistir de querer mudar as coisas, de ter sensações e viver como se nada valesse a pena.

Mas é que quando não fazemos nada estamos antecipando o estágio das coisas mortas, as coisas destruídas, diluídas, as coisas finalmente abertas para a eternidade, porque é na morte que nos abrimos para o sagrado que não começa e nem termina. Mas quando fazemos isso não estamos fazendo com pessimismo ou com otimismo; quando, com encanto pela morte e desprezo pelo mundo, nos deixamos apodrecer por nada fazer, estamos de alguma maneira vivendo apenas de acordo com a natureza final das coisas que são feitas, a natureza que está sempre por vir, a natureza que quer tomar lugar: a natureza mortal, dada a uma transformação eterna e lenta em que a única condição perene é a necessidade de deixar de ser uma coisa para poder ser outra.

Então pode parecer muito mais sensato não fazer, não agir. Mas a própria vontade em mim de me revoltar, de modificar as coisas, de mostrar ao mundo que ele está errado e que eu estou certo e que as coisas devem mudar, isso já é em si mesmo uma prova de que a nossa natureza, a minha natureza, é feita de inquietação, e calá-la como se ela não tivesse razão ao inquietar e devesse se aquietar e aceitar tudo é ir contra ela mesma, e isto, ir contra si mesma, é piorar a convivência consigo mesma. Será então que a voz em mim que me instiga a me revoltar, a gritar de ódio contra todos, tem razão? Afinal, se mesmo sabendo que as coisas se acabam, insistimos tanto em agir, estamos sempre em busca, temos sede em construir, destruir, em enaltecer e desenaltecer, então por que não assumir também isso e dizer sim ao trabalho de construção de monumentos perecíveis, dizer sim à vaidade da conquista, dizer sim à necessidade de lutar?

Então deverei mesmo narrar tudo o que em mim tem vontade de narrar? Inclusive, e especialmente, toda a revolta que me prende nesta sensação de insatisfação entre a vontade de agir e a vontade de aceitar as coisas como são, narrar toda a infantilidade em que esta birra se alimenta, toda a minha corrida para longe da realidade, querendo escapar desse movimento sem fim, corrida que eu pratico desde sempre – desde criança nas brincadeiras e no colo da minha mãe, mas também até a vida adulta, tentando abandonar aquilo que me tornei?

Mas quando então abro espaço para fazer alguma coisa em que acredito, quando me disponho a dizer, vem este outro que em mim se encostou e diz: nada tem razão, nada permanece, nada vale a pena, e isto é cruel, e isto é odiável, incomoda, e você não deve engolir isso sem reação, você não precisa ser aquele que se esforça e aceita o fracasso, você tem o direito de se incomodar, de odiar a crueldade do mundo, você tem a chance de se alimentar dos fracassos e dar mais corpo à sua voz, você tem a chance de rir disso tudo agora que sabe disso, mostre ao mundo que ele é cruel, que as pessoas participam dessa crueldade, que elas são mesmo responsáveis pelo que dá errado e que é ruim, mostre-lhes tudo de podre que as pessoas estão gerando, e mostre isto em você.

Ele, este outro lúcido e assustador, faz isso sem piedade alguma de como eu posso ficar constrangido se fizer isso, porque enquanto ele não tem corpo nem data de nascimento nem nome próprio, eu estou aqui, ainda estou, e quero estar para aproveitar a chance de entrar em contato com a beleza de estar do lado de cá da vida, não quero mais fracassar, apontar os erros e ver que nada vai mudar, como aconteceu sempre que levantei minha voz com esperança. E não quero ser ainda mais expulso do mundo, não quero que escutem minhas palavras cortantes e me odeiem ainda mais. Mas ele é convincente, e em mim toda a raiva vem correndo e toma a frente de tudo o que poderia ser dito de bom e bonito. Por um lado, é como se este outro me influenciasse, mas é também como se este outro quisesse que eu cumprisse com alguma coisa maior e minha, como se dizer a minha raiva e mostrar a todos a podridão que produzimos fosse também uma chance de nos fazer mais expurgados, mais leves, mais livres dos nossos demônios. Como se, ao produzir esse confronto, eu contribuísse para que finalmente tivéssemos a chance de decidir nos livrar de tudo o que fizemos de vil e avançássemos rumo ao melhor, ao êxtase da alegria de quem se livra das próprias armadilhas e se banha no sagrado, e deixa para trás o que não é necessário e fica mais livre nos seus movimentos, sem peso nas articulações, fica mais propenso a dançar a dança universal e imediata.

Se eu fosse um homem possesso por completo, cheio de si, firme, seguro, sequestrava meus inimigos e os engolia com toda salivação de um faminto diante de um prato de feijão. Atirava-lhes com tiro puro de bala ferrenha que ao sair de um revólver refletiria tudo ao redor no seu caminho de mim, da minha ira, até ele, o inimigo, o injusto, o errado, e depois eu lhes devoraria pedaços do corpo em brinde ao cosmos, rogando que me desse a cara de pau e a indiferença com que meu inimigo me vencia enquanto vivo – mas o faria a troco do quê? Porque, sim, eu também me pergunto, eu sou aquele que mais se pergunta sobre o que é isso que tanto quero quando me revolto, e só existe uma resposta: eu quero atenção, paparico, mimo, colo, conforto, acolhimento, alimento, leite, calor, frio, sorriso, alegria, gozo, fama. Nunca me deram o tanto disso quanto eu acho, e sei, e exijo, que mereço, então meu movimento sempre foi e será este: exigir, mostrar que mereço urgentemente, pelo que tenho a contribuir mostrando o que está ruim e que pode ser melhorado, e se não convencer, eu terei pelo menos me vingado provocando em todos o mal-estar de conviverem com o câncer que é a minha consciência e as minhas palavras mais lúcidas de que tudo poderia ser melhor mas que nunca poderá ser porque nunca vamos mudar.

Mas então será que o que eu quero ao dizer o que tenho a dizer mesmo é a fama de quem é reconhecido e desejado? De quem tem o seu valor enaltecido? Sim, eu quero isto que mereço. Porque fama significa estima, aceitação, reconhecimento do ouro que ofereço ao mundo, e eu quero ser estimado. Assumir isto pode até ser vergonhoso, eu sei. Quem mais teria coragem de provocar tamanha vertigem nos outros assumindo-se assim se não eu? Mas eu nasci para isso, para assumir o que ninguém quer, nasci para expor o escárnio de todos através do escárnio em mim, expor os outros ao torpor, à tontura, à embriaguez, ao embaraço. Para que vomitem seus demônios e se livrem deles. Nasci com o destino da errância, da humilhação, das ilusões perdidas, do desespero de quem agoniza diante da obrigação de dizer que ainda não estamos vendo os nossos sonhos realizados, os nossos sonhos de felicidade, de equilíbrio, de harmonia, de desapego, de altruísmo, de confiança, e por isso quando digo isto me sinto satisfeito: estamos fracassando na nossa busca, e estamos fracassando porque estamos em busca, se não estivéssemos, se nos satisfizéssemos com o que temos, nada disso seria ridículo, nada disso seria triste, mas estamos ainda e sempre desesperados por nos encaixar no que aprendemos a querer na escola, na família, no mundo de regras a que estamos expostos e obrigados desde que chegamos ao mundo. Então, se foi esse mundo que me obrigou a sonhar com realização, felicidade, alegria, sucesso, eu vou jogar de volta para ele a sua própria ordem: se o mundo não vai nos fazer felizes como nos obrigamos a querer, que ele nos dê ao menos a alegria de ter razão ao dizer isto: erramos.

A vida é uma série provocativa de expulsões, recusas, fracassos, morte. A vida é um riso de escárnio que te põe à prova por gosto próprio. E foi assim que eu vim ao mundo: fui obrigado a nascer, e vim ao mundo para provar do fracasso enquanto o fluxo da vida ri de mim, indiferente a mim, e eu, sem escolha, tento escapar de suas ciladas, ou, com sorte, consigo por alguns instantes surfar nas suas ondas de alegria, os instantes de prazer.

Mas eu nasci porque fui expulso da minha mãe, senão não tinha nascido. Nasci porque quando o útero ficou pequeno e desconfortável com minha presença, quando o corpo da minha mãe já não me aguentava e se desagradava de mim, ele me empurrou para longe e me obrigou a viver exposto aos perigos de estar no mundo. Foi por isso que nasci. Por ordem. Por obrigação. Porque não me aguentavam mais do lado das coisas não nascidas.

Não demorou muito, fui expulso do berço, do peito, do colo, da cama quente dos meus pais, do time de futebol. A minha coleção de exclusão não parou aí: fui expulso da escola para a faculdade, da faculdade para o mundo do trabalho – o mundo da competição, o mundo da fofoca, o mundo das contas, o mundo da vaidade –, e ao mesmo tempo fui expulso de todas as tentativas de um relacionamento amoroso que me desse lugar de amparo como têm os casais. O que sobrava para mim, sempre, era o gosto da frustração. E eu então me excluí.

Fui expulso de todos os lugares. Por outro lado, foi só por ser expulso de um lugar e me debandar a tentar participar de um outro modelo que a minha vida teve alguma dinâmica. Eu fui expulso como uma bala expulsa um corpo do mundo. Eu fui expulso como uma faca expulsa o sangue de um corpo.

Ao mesmo tempo sempre fui muito inseguro para virar o jogo e, pelo menos, tomar essa chaga como o meu valor. E digo isto porque assumo que os que me expulsaram tinham alguma razão: eu não me encaixava macio como os outros se encaixavam. Eu não me encaixava e ao mesmo tempo não era capaz de inventar um outro modo de estar. Um modo que não me obrigasse a me encaixar no que diziam ser os únicos moldes possíveis, aceitáveis.

Mas eu não gostava do papel de vítima, e me recusava a assumi-lo, então estive errante pelo mundo, e chorei, chorei por dias e noites, chorei em banheiros públicos, em pontos de ônibus, chorei no escuro da caverna que cavei entre os lençóis e minha cama, um choro jamais assumido aos outros, um choro escondido porque eu era orgulhoso e não dava o braço a torcer, não dava o gosto íntimo da vitória confirmada ao sadismo do mundo diante da minha dor, não, um perdedor entre jogadores da vida, entre gente que se casa e tem filhos e ganha medalhas, entre gente que faz carreira num emprego, gente que fofoca e vive o prazer de falar dos outros, gente que consegue mesmo se distrair do fato de que julgar os outros é esconder suas piores frustrações de si mesmo e se fingir superior, e se proteger da constatação de que você não é nada, nada mais do que ninguém. Mas mesmo assim quando estive comigo eu não escapei do choro porque doeu em mim ser expulso, doeu muito, e eu nunca menti a mim mesmo sobre isso. E tem a ver com isso também, com o esgotamento de força que isso provoca, a minha incapacidade de reagir. Chorei porque odiava tudo isso, chorei porque me odiava não sendo capaz de criar um mundo em que fosse eu quem decidisse o que valia, chorei de raiva e revolta, chorei porque eu era estúpido demais para conseguir pensar numa solução menos imediata e mais definitiva do que o choro, chorei porque, sempre que adormecia ou que me perdia em pensamentos ambiciosos, eu sonhava, e nos sonhos tudo era mais bonito, mais fácil, mais alegre, livre, e nos sonhos eu tocava a matéria da justiça com meus dedos, a justiça de um mundo sem leis nem limites, mas quando voltava à realidade era tudo imperfeito, contaminado de fedor e notícias trágicas, brigas, jogos de poder, pobreza. Chorei porque toda essa vertigem feita de lucidez e preguiça se resumia ao fato ridículo e carente de que eu só queria pertencer, eu, um membro pedindo corpo feito um órfão implorando por uma mãe, eu uma queimadura pedindo cicatriz, eu uma carne exposta às moscas, carcaça jogada no mundo, torcendo para que uma raposa faminta e selvagem cruzasse meu caminho e me desse sentido e valor me abocanhando e me engolindo, e levasse minha carne para alimentar suas crias, eu um carente sem coragem – e tenho que carregar comigo esse esforço em tentar me encaixar no que os outros admiram até que finalmente eu seja amado e receba o colo que sempre quis?

Não consegui nada do que queria. Não fui nada. Não recebi nada. Não conquistei território algum, cargo importante algum em empresa decente alguma, estudo de relevância algum sob orientador brilhante algum. Nem mesmo um trabalho do qual alguém possa se orgulhar. Fracassei em todos os relacionamentos, em todas as carreiras. Fracassei com o dinheiro, nunca soube cultivá-lo e ele sempre escapou das minhas mãos com tamanha rapidez a ponto de eu nunca ter gozado de sua presença como um homem que sai por aí a usufruir de suas conquistas, exibindo-se para se refestelar no seu próprio poder. Ao mesmo tempo, foi ele, só ele, o dinheiro, que me deu algum prazer, porque é ele que rege este mundo, este tempo, e é só ele que dá passe livre nos parques de diversão espalhados pela terra.

Mas com os outros é diferente, os outros estão lá fora deste lugar em que estou trancado comigo e com a minha própria sombra, este que se refestela e ri de mim, enquanto os outros lá fora exibem seus sorrisos, seus corpos, suas esculturas musculares, seus charmes, suas belezas, seus vigores e suas histórias, tocam-se uns aos outros com desejo, paus grandes, lambem-se, falam articuladamente, declaram-se, dançam, narram suas vidas e às vezes mentem para se sentir melhores ainda, até que se convençam da farsa que inventam para si mesmos. E se convencem porque têm esta habilidade de escapar dentro de suas farsas, de acreditar em suas fantasias, e eu aqui, desarranjado, dançando comigo mesmo fora do ritmo, engolindo palavras, encaixando meu horror numa carne dura, sem medida, sem afeto, só provocação, nojo, descontrole, desencaixe, desmedida, destruição.

Mas eu não vou mais engolir. Não vou mais ficar quieto. Não vou mais procurar o sorriso onde ele não dá as caras. Agora, se quiser, eu grito das grades em busca do que é meu. E grito um grito sem sentido, sem palavra, porque sou a própria perda exigindo respeito e nunca mais exclusão. Sou a própria raposa que perambula sozinha pelas sombras das árvores e dos prédios nas madrugadas em busca de carne fresca num mundo acabado. Se eu quiser, eu grito das grades e choro e derramo a acidez das minhas lágrimas em cima dos passantes, estes tão bem-arrumados, tão bem amarrados na teia do seu tempo, derramo-me neles envenenando-os com o líquido letal com que eles me fermentaram e que sai dos meus olhos, para que pelas lágrimas eu consiga enxergar a verdade do mundo: quero provocar neles um ataque fulminante ao constatar a minha verdade impronunciável.

Mas eu sou pequeno. É isso que eu sou. Um zé-ninguém. Que fala baixo, que a garganta doente não deixa gritar. Meus amigos, meus inimigos, estão todos recebendo louros em suas cabeças. Agora mesmo estão em festas, ou se arrumando para festas, ou comprando roupas para irem a festas, ou mostrando aos outros suas fotos das últimas festas. Todos eles reinando com seus poderes e suas famas e sua desenvoltura, mulheres e homens à disposição, oferecendo-se ao sexo imunes às suas caras feias, horripilantes, caras de homens e mulheres bem-sucedidos sob o brilho da glória, imunes a doenças com seus tratamentos avançados de imunidade à consciência da morte e à aproximação dela. Enquanto eu agonizo. Eu. Eu e minha vontade de ter um jeito de lhes tirar a vida para me dar lugar. É. Porque me vingar é viver, ter poder, e isto significa tirar-lhes o poder e a vida. Por que então devia eu fingir que não quero o mesmo que eles? Só porque fracassei em ter o que eles têm?

Quero. Quero sim, quero o mesmo que vocês, vitoriosos. Estou a um passo de lhes roubar descaradamente a carteira, basta que eu decida sair deste confinamento e me chocar contra os seus corpos nauseabundos nas calçadas roubando-lhes o que trouxerem nos bolsos, roubando-lhes os bens, flertando com vossos namorados e namoradas. Mas só não roubo também vossos parceiros sexuais, vossas senhoras e vossos rapazes, porque não há em mim beleza, muito menos dinheiro que me modifique a cara de monstro. Quero sim, quero o mesmo que vocês, a única diferença entre nós é que eu não consegui, e vocês conseguiram. Tentei como pude, como me veio à mente tentar, com os instrumentos que o mundo, em seu arranjo social, me deu. Tentei e não consegui. Vocês têm, eu não tenho. Vocês conquistaram ou receberam de herança tudo o que têm. Eu não. E foram meu erro e meu fracasso e meu desencaixe que me deram corpo e força.

Culpar a minha mãe? O meu pai? Culpá-los por não terem me dado o que eu merecia? Acusá-los de não se esforçarem em conseguir o dinheiro necessário para me educar e me armar de estratégias de conquista bem elaboradas, baseadas em pesquisas acadêmicas avançadas? Culpá-los por não terem se dado conta disso? Culpá-los por não terem abstraído suas fomes em nome de um tempo que dedicassem aos estudos, à formação, ao método, à cultura, à sofisticação, como se eles, órfãos que foram, desamparados de qualquer orientação, urgentes em busca de sobrevivência, cheios de fome, devessem ter sido clarividentes a ponto de compreender o que era mais sábio e seguir pelo caminho mais virtuoso, mesmo sem nunca terem tido ninguém a lhes mostrar outra coisa senão o caos, a violência, a selvageria da sobrevivência na selva da miséria? Dizer que eu sou esta aberração porque nunca deveria ter nascido, e que se eles não fossem tão burros teriam mesmo me abortado?

Não posso fazer isso, seria acusar a mim mesmo de não empenhar tal esforço também, de me contentar com o meu lugar, seria como que dizer que só reclamo porque chafurdo feliz na minha própria desgraça.

Mas não é verdade. Não é. Eu sei muito bem quem são os responsáveis por isso. São vocês, donos de carros e bicicletas modernas. São vocês, homens de roupas trazidas em viagens a países civilizados, homens de músculos cultivados com personal trainers, são vocês mulheres de maquiagens e cabelos seguidores de moda. São vocês que tomam *gelato* aos fins de semana, vocês que jantam em restaurantes franceses e pedem garrafas e garrafas de vinho, vocês que viajam para fora e voltam acusando a mim e a meus comuns de incômodos, de miseráveis parasitas, de perturbadores do que poderia ser uma nação equilibrada, saudável, feliz, harmônica, em vez deste país imbecil.

Por mim vocês podiam mesmo sumir, façam as malas e vão embora de uma vez. Por que não fazem isso? Por que não se mudam até a sonhada vida no exterior? Vocês dizem que é porque amam este país e querem que ele tenha ordem e progresso. Como vocês são caras de pau. Vocês não vão porque têm medo de se arriscar, porque têm medo de perder a vidinha de dominadores que levam aqui, porque não são livres, enraizados em toda a quinquilharia e mordomia que cultivam. Vocês não vão morar fora porque sabem que lá vocês seriam no máximo anônimos comuns, provavelmente vocês seriam típicos imigrantes discriminados, olhados de lado, e o que vocês têm de glamour aqui, às nossas custas, derreteria em pouco tempo lá, e vocês não conseguem viver se não for multiplicando a fortuna e a glória de vocês, achando que têm onde pisar, o chão que assentaram sobre vossos abismos, como se tudo não caísse no obscuro e impronunciável desconhecido e incerto. Mas eu não os condeno pelo vício do poder e do conforto. Eu faria o mesmo. E é por não ter nem poder nem conforto à minha disposição que grito.

Pelo menos eu não tenho nada a perder. Nadinha. Nem eu nem os meus comuns. Não temos o que perder porque não temos nada, nada, e a nossa própria vida já é tão amarga, e o nosso tempo já tão preenchido pela serventia ao trabalho que nos mantém vivos com nossos salários que eu não hesito em colocá-la em risco. Para falar a verdade é só quando faço isso que me sinto vivo. Só quando empurro meu corpo e a minha moral contra a fronteira do que eles aguentam. É por isso que roubo. É por isso que falo aqui. É por isso que perambulo nas madrugadas com meu corpo à beira das pistas e dos viadutos. Porque é só o corpo que tenho, porque é ele mesmo que carrega essa imoralidade, é só a integridade da carne que consigo manter, e jogá-la contra o mundo me faz rir de tanto prazer. Me arriscar é me assumir. Eu posso assustar pedestres solitários, eu posso tirar a chave do bolso e arranhar vossos carros. Eu posso tirar a vida de um homem de bem. E a minha coragem ninguém pode tirar. Se eu for preso, na cadeia serei rei, podem apostar, sofra o que sofrer não terei nunca nada, e é por isso que sou o homem mais corajoso desta terra.

Mas é por não ter nada que minha voz não repercute. O que é odiável. Ou talvez não, talvez seja exatamente por não repercutir que eu posso dizer tudo, tudo mesmo, não preciso fingir, não preciso disfarçar o que eu sei e que me incomoda. Porque minha voz é pequena. Mas também é porque quero que ela cresça e incomode e tenha poder e se vingue que eu falo.

Ninguém quer saber de mim. Ou quase ninguém. Porque minha mãe me vê. Ontem à noite ela apareceu aqui, bateu na minha porta, me entregou um prato de comida. Como se eu fosse um cachorro trancafiado, ou um demônio preso. Mas e daí se há uma mulher que me olhe? E daí? Você tem que correr atrás, minha mãe disse. Ela é tão atrevida na sua bondade. Você tem que correr atrás, disse ela porque sabe que eu não saio de casa nunca à luz do sol, porque observa meus passos e quer me convencer a aproveitar a vida e também a correr atrás de um trabalho. Você tem que sair por aí se oferecendo a qualquer coisa, qualquer coisa mesmo, ela disse. E tinha lágrimas nos olhos, a coitada.

Mas por que eu teria que me esforçar tanto? Por que uns ganham de graça o que eu, depois de me esgotar, de perder todo vigor, depois de tantas portas baterem na minha cara, depois de danificar todas as minhas articulações com caminhadas em busca de mostrar o brilho que trago no meu corpo vivo, por que eu tenho que ainda continuar miserável – e tentando?

Não. Não tenho que continuar tentando de tudo. Não existe tal obrigação. Eu sou um homem livre para fracassar. Tenho direito e liberdade de ficar aqui definhando, sem sair e sem comer, até acabar com isso.

Mas o que me revolta contra a vontade de me entregar, de definhar e nunca mais continuar – em palavras exatas, de me matar – é que eu sei que tudo o que vocês querem é exatamente isso, que eu pare, que eu me cale, que eu suma. Que eu não continue a pedir, a roubar, a assustar. Que eu nunca mais encha o saco de vocês com esse constrangimento diante da minha miséria nua, da minha inveja nua, do meu fracasso nu. Porque, no fundo vocês sabem, se vocês se constrangem é porque tem o dedo de vocês nisso que eu sou. Se não tivessem a menor parte no meu esfacelamento não lhes faria diferença me ver. Vocês iam me desprezar, apenas. Mas não, vocês se constrangem, e às vezes até acham emocionante e choram diante da minha pequena exibição quando saio às ruas com meus farrapos e minha cara de quem precisa de piedade, vocês me olham e me tratam como se eu fosse um anão de circo ou um coitado. Sim, culpados é o que vocês são, responsáveis pelo meu veneno cheio de brilho, autores dos arranhões que em mim reluzem e ardem, responsáveis pelas alterações definitivas no meu cérebro depois de tanto quebrar a cara e ver vocês com suas caras lustradas a caros óleos trazidos de países exóticos em caros transatlânticos ao voltarem de caras viagens. Sim, vocês não me desprezaram, pelo contrário, vocês riem de mim quando ouvem o meu apelo para que levem em consideração a minha fragilidade, as minhas necessidades, a minha carência desenfreada e urgente com a qual mal consigo conviver. Vocês riem de alívio depois de me darem algum trocado, algum resto de comida, vocês choram diante da minha miséria, mas lá dentro riem satisfeitos ao se verem tão benevolentes, tão generosos, tão caridosos quando me dão alguma coisa, um prato de comida, uma moeda, e chamam seus coleguinhas para chorarem e rirem e se aliviarem do fardo do mundo junto de vocês diante de mim, porque é assim que o riso, a vossa natureza mais vil, é assim que o riso de alívio funciona. É melhor para vocês e para mim que eu desista logo de virar o jogo. Eu abriria espaço para vocês crescerem ainda mais, ao mesmo tempo que abraçaria o meu lugar, e não me debateria mais contra as paredes. Porque se eu desistisse seria como dizer: vocês venceram. Que é um pouco como assumir uma verdade, o que eu não nego. Com meu grito vocês só perdem tempo. Eu sei. Mas eu não vou parar. Eu não tenho cura. Se vocês me dessem a mão, eu pediria o braço, porque é assim que eu sou. Mesmo que eu não consiga conquistar nada, posso pelo menos incomodar, e isto já é uma vitória, talvez a única que eu possa algum dia ter, e isto já é também um despertar – embora eu não espere mais que vocês mudem, porque já está claro que vocês se apegam ao que têm como se isso fosse vocês, e é, é isto que dá alguma sensação de preenchimento ao vazio em vocês.

Mas eu quero atrapalhar vocês, seduzindo-os com a minha miséria para depois gritar e vocês me obedecerem. Não dou o braço a torcer. Sou um homem vingativo e acredito que, ao atrapalhar, estou abrindo espaço para algo melhor do que as coisas como estão. Porque eu sei que trago o incômodo como quem faz uma incisão num corpo numa cirurgia curativa. Eu sei que o que provoco é necessário para que uma chance se abra até que a vida comum, a vida que não pode ser outra coisa que não comum, até que esta vida seja menos dolorosa, agonizante, triste, enfadonha, incompleta.

E não será isso cruel comigo mesmo? Me dar assim ao escracho como um tratamento de choque e ainda continuar miserável, nunca ser reconhecido pelo meu valor, sem um par de pés com os quais trocar calor à noite, sem um belo rosto com que me rejubilar no espelho ou nas ruas, sem um teto seguro e isolado do ruído pesado das contas, do aluguel? Não é isto antes masoquismo do que provocação? Eu que tanto me empurro até o limite, que tanto me coloco em risco de propósito. Por que esta sensação de vigor ao ser vergonhoso? Por que me sinto vivo ao me arriscar, por que é só na fronteira do insuportável que me sei vivo, por que é só no perigo que minha pele se arrepia e tudo me toca?

É a dor, meus caros. A dor nos eleva ao terreno dos maiores prazeres, dos maiores gozos. A dor vem a todos, com ou sem poder. A dor é eterna. É sagrada. Sem o contraste da dor, o prazer não seria pulso sorridente, brinde alucinatório. Queria eu que pudéssemos nos livrar disso, se fosse verdade o contrário. Queria acreditar que não precisamos da dor, porque assim não teria agora a desconfiança de que quero sempre me aproximar dela porque sei que logo ao seu lado vai vir uma onda de compensação, como se uma coisa puxasse a outra. Se a dor não existisse, a alegria também não existiria. Mas a verdade é que gostamos do que a tristeza nos dá, gostamos de como, depois de intenso sofrimento, voltamos a valorizar coisas tão pequenas e sem importância como o repouso de uma manhã sem nada a fazer, como o calor de uma xícara de café ou uma caminhada livre por uma praça, ou o olhar estatelado diante dos tons de cor no céu.

Não pensem que estou defendendo a minha agonia e a dominação de vocês. É justamente o contrário. O mundo é um desequilíbrio, e onde há amargura demais (aqui), falta prazer, e onde há prazer demais (aí), faltam umas boas chicotadas. Para haver equilíbrio no mundo, teríamos que trocar nossos papéis com mais frequência do que um breve carnaval. Eu lhes abriria feridas na pele com pancadas de chicotes e sairia por aí com meus amigos nos vossos carros, comendo bem, cheirando pó e gastando com risos. Assim como vocês também agonizariam como eu agora agonizo, e vocês pediriam para parar e eu não lhes daria ouvidos, assim mesmo como vocês não me dão. Não, meus caros inimigos, eu não quero acabar com a dor, e nem quero dizer que me orgulho de ter tanta amargura dentro de mim, o que eu quero é que invertamos os papéis com uma frequência mais próxima do sonhado equilíbrio, e que vocês sejam nossos mendigos de vez em quando, nossos escravos, e descubram aí o prazer de se saber com razão ao odiar, ao chorar, ao implorar e se desesperar na lucidez de que algo não deveria ser como é. Só assim existiria empatia de fato. Só assim vocês respeitariam a dor.

Eu sei que isso, da minha parte, é esperar demais. Eu sei que o mundo é um lugar impossível de ficar melhor. Sei que quem chega aí aonde vocês chegaram não quer largar o osso nunca mais, e que resta a nós, miseráveis, incomodar, atirar pedras, fazer todo esforço para derrubar vocês, porque quem chega aí se vicia em estar aí, e nós aqui queremos também a chance de chegar aí. E, mesmo pensando que se chegássemos aí talvez fôssemos mais bonzinhos, mais justos, não é verdade. Se eu alcançasse o poder que vocês têm, se eu substituísse vocês enquanto vocês me substituem no sofrimento, eu faria de tudo para lhes roubar de vez o posto e nunca mais lhes devolver a coroa, o chicote e os louros, e ainda ficaria rindo das vossas caras imbecis, de animais enjaulados por vingança.

É isso. É tudo isso. Não há mais nada a dizer. Nada do que eu fizer vai mudar o mundo.

Mas quem é este que está falando por mim? Que ri quando digo o que acho justo dizer? É alguém que se cola mais a mim e que fica mais calmo quando lhe dou voz, é alguém com quem o conflito se acaba quando me liberto de qualquer medo e sou o que sou, e falo da miséria e do desespero. É alguém que sou eu e que insiste que o outro em mim deixe que eu me torne eu para haver alguma realização, e depois alguma paz, e algum descanso. É alguém que me dá esperança.

LIVROS **SUJOS**

Querido amigo,

Faz tempo que quero conversar com você sobre algo de que venho suspeitando desde que ficamos mais próximos. Até agora não entendi muito bem a sua cara de desapontamento sempre que lhe devolvo um livro que você tenha me emprestado. Suspeito que sua expressão seja resultado do confronto com as marcas de uso que deixo em cada um dos exemplares. Se for isso, por favor me avise. Eu preciso saber. Não são marcas sutis, eu sei. As capas, principalmente, nunca lhe retornam no mesmo estado de conservação. Às vezes estão marcadas por algum objeto contra o qual, por acidente, tenham se chocado. Outras vezes esses livros têm as orelhas esbranquiçadas e curvas, ou as lombadas manchadas. Tudo isso acontece porque carrego os livros na minha mochila, já que é na rua onde mais me concentro para ler. Como já lhe disse em tantas conversas, leio muito bem em filas, ônibus, bibliotecas, mesas de pizzarias e balcões de botecos, mas me concentro muito pouco em casa, onde os livros estão em segurança e blindados contra marcas mais fortes de exposição à vida. Sem falar no fato de que, passeando pela cidade dentro da minha bolsa, esses frutos da divina capacidade humana de se transcender em objetos (sim, estou falando dos livros) estão a todo instante em choque contra outros objetos não menos importantes para a civilização e que também levo comigo, alguns de valor mais alto do que a própria literatura e o pensamento escrito: costumo carregar na mesma bolsa itens como um desodorante, uma escova de dentes, dinheiro, cartões, uma ou duas canetas, um ou dois cadernos, às vezes até uma toalha molhada, um sabonete e uma sunga, se por alguma eventualidade eu tenha ido à piscina do clube exercitar os meus músculos e escapar de todo desconforto numa imersão em águas aquecidas. Às vezes encontro na mochila até uma maçã, esquecida por dias. E contra tudo isso o livro inevitavelmente se choca. Concorda que esses itens merecem o louvor da praticidade e, numa comparação em que se tomasse a relevância como critério, estão eles muito à frente dos livros? Com exceção de uma ou outra maçã apodrecida, que agoniza ali por negligência minha. Mas, a meu ver, você deveria louvar as marcas que deixo nos seus exemplares, em vez de fazer essa cara de repulsa quando os tem de volta à mão. São marcas de existência, apenas.

O fato é que as coisas no mundo criam rugas e cicatrizes umas nas outras, feito corpos que, ao se encontrarem, trocam carícias e arranhões – e disso não poderemos jamais escapar, nem eu nem você, nem os livros nem a literatura, nem inimigos nem amantes, nem mesmo os autores tão bem retratados nas orelhas das obras mais vendidas. O que eu não esperava era que você pudesse se resignar diante desse desgaste natural, do qual eu sou mero atravessador. Queria o quê? Que cada livro, depois de lido, voltasse no tempo e lhe fosse entregue como se jamais tivesse passado por mão alguma? E quanto aos dias em que estivemos juntos, eu e ele? Teríamos que atravessar esse tempo acanhados em viver um se fundindo no outro, preocupados não em nos diluirmos na formação de um novo estado para ambos, mas antes em não deixarmos vestígios do que vivemos e partilhamos? Paixão, meu amigo, isto é paixão, e eu sou um homem passional pelo fato de que sou um homem vivo, um bípede sem penas. Apenas isto.

Não acha justo que os livros carreguem marcas equivalentes às que deixam na minha visão de mundo? De que modo então haveríamos de nos alterar, eu e os livros, sem essa liberdade de entrega e invasão? De que modo a literatura iria tomar o papel de alteradora de minha consciência, se eu mesmo não lhe desse de volta as minhas marcas de convivência?

Nunca entendi esse tipo de apego que se tem aos objetos de cultura. Será porque os livros demoram um pouco mais para apodrecer do que as coisas vivas – do que nós mesmos? Sim, talvez seja por isto: os nossos corpos não são capazes de perdurar tão bem quanto um amontoado de papel dobrado e colado, encadernado e enfiado numa prateleira, cheio de palavras, estas pequeninas criações advindas, sim!, dos nossos próprios corpos em desgaste perpétuo. E aí, automatizados por uma sensação de inferioridade, de consciência da morte e de descontrole, devotamos esse respeito quase religioso a um objeto de consumo para que nos sintamos um pouco menos deteriorados do que realmente somos com a passagem do tempo. Sim, os livros devem nos eternizar! Mas que esperança inocente, não é? Ao mesmo tempo é lindo que sejamos assim, para sempre tão infantis.

Não quero com isso dizer, meu amigo, que tenho razão em deixar notas escritas nas páginas, coisa que faço por me sentir à vontade com a nossa amizade. Sobre as marcas nas orelhas e nas capas, acho desnecessário discutirmos – é uma questão de aceitação que você precisa enfrentar. Mas quanto às minhas letras nas margens das páginas, aí é outra história. Se faço questão de anotar minhas impressões com caneta permanente e não a lápis, é por necessidade de buscar um estilo próprio na minha passagem pelo mundo. Talvez seja por essa mesma razão que ouso completar as notas com pequenos desenhos tão logo um trecho me remeta a algo marcante e visual. Desenhar é uma diversão para mim. Mas faço isso também em busca de me dar um contorno (o que dá no mesmo, pois o que nos diverte nos define com mais honestidade). Confesso, meu amigo: não quero que as minhas interferências na matéria mundana sejam iguais às de mais ninguém. Confesso ainda que desejo ser reconhecido como um homem único, de ações originais e verdadeiras, um gênio! É uma busca honesta, embora possa não ser bem-sucedida. Embora seja uma busca tão triste a ponto de me constranger. É tudo o que me resta neste mundo desolador em que não posso ter mais nenhuma outra esperança a não ser a genialidade. O engraçado é que você nunca tocou no assunto.

Quanto a esse tipo de interferência permanente e colorida nos seus livros, esperava algum tipo de negociação entre a gente. Eu esperava que você um dia falasse sobre isso comigo e me perguntasse que espécie de atrevimento me faz interferir de tal modo num objeto que não me pertence, como se fosse um delírio meu tomar a minha opinião e as minhas reflexões diante das verdades impressas nos livros como dotadas de tamanha relevância que merecessem se sobrepor ao texto original. Quero deixar claro que estou aberto a discutir tudo isso. Só não gostaria que você mantivesse esse silêncio amargo diante das minhas anotações, silêncio agravado com a sua expressão terrível de fingida ignorância. Além do mais, duvido que você, ao chegar em casa ou mesmo no caminho de volta, não folheie os livros que lhe devolvo e se depare com todas as cores que deixo dentro deles. Não é possível que ainda não tenha visto todas as minhas notas e desenhos notáveis. Tenho para mim que você os tem em alto valor, e que por isso nunca me reprimiu nem me constrangeu com sua opinião sobre eles. Tenho para mim que trancafia cada novo exemplar devolvido num cofre a ser aberto somente após a minha morte, quando, com a sorte do acaso somada ao seu senso de preservação, tudo o que toquei finalmente tenha adquirido o charmoso e mórbido ar das coisas raríssimas. Não vou lhe reprimir, se for esta a sua decisão. Eu faria o mesmo, pois não duvido da minha glória por vir, da qual infelizmente eu mesmo não estarei vivo para gozar. Mas não tenho certeza se esta é a razão que lhe deixa sem palavras diante desses livros, não tenho certeza se a sua inteligência levou mesmo você a essas decisões, porque esse maldito silêncio que você insiste em exercer me impede de saber a verdade. Então, meu amigo, em nome do nosso afeto genuíno, peço-lhe aqui que me diga pelo menos se as detesta ou se as adora. Se concorda com elas ou não. Eu quero sentir o seu afeto, eu preciso de elogios para me manter vivo. Por favor, diga que sente algo por mim e pelo que faço. Diga que tenho razão. Diga que te faço bem.

Enquanto estou vivo, gostaria de negociar com o mundo, de trocar opiniões e de, quem sabe, receber um pouco de atenção e assim ter uma noite de sono feliz. Afinal, estar vivo é trocar. Estar vivo é se diluir por decisão e se deixar alterar. De quem então eu deveria esperar esse acolhimento senão do meu amigo mais querido? O único cuidado necessário nessa troca, penso eu, é com quem andamos, é saber a quem permitimos essa diluição, a que sujeitos e a que perigos nos expomos. Afinal, se a troca é benéfica, então que ela aconteça. Mas, se o que quer nos alterar é mau, inclinado à ardilosidade ou à mesquinharia, e não à tolerância e ao respeito, então devemos nos fechar com toda resolução e maturidade possíveis. E uma coisa eu posso lhe garantir, meu amigo: eu estou aberto.

NARCO**LEPSIA**

Queridos e novíssimos alunos e alunas desta instituição,
Sejam bem-vindos.

Agradeço a presença de todos nesta noite tão importante, apesar de haver tantas noites como esta em nossas vidas. Mas hoje é um grande começo para a maioria de vocês. E como todo começo tem pressa em ser meio e depois fim, peço licença para partir logo ao assunto que

Dada a minha fama, estou certo de que vocês esperam do meu discurso alguma investigação sobre os dilemas políticos atuais. Contudo, vou falar sobre um problema meu, somente meu – e o farei porque, como de costume, vocês gentilmente encontrarão algum sentido para o que eu disser. Conto com isso baseando-me no inegável peso dado a qualquer sentença por mim pronunciada – reconhecimento, permitam-me assumir, mais que merecido após uma vida de persistência na produção de conhecimento dentro dos

Ao contrário de outras enfermidades, eu não escolhi ter narcolepsia. Todas as minhas inflamações e viroses surgiram por decisão fisiológica própria, dentro da lucidez do meu corpo; mas a narcolepsia é um transtorno crônico que vai além da minha deliberação. Com isso, deixo claro que adormecer diante de conversas, durante uma reunião de departamento ou num vernissage jamais me ocorre por desejo de

Aproveito para pedir desculpas públicas aos amigos em cuja presença sofri um de meus ataques. Perdão, Antoniel, pelo dia em que você me contava da sua contratação para professor *honoris causa*. Perdão, Relião, por ter roncado sobre a mesa do bar na noite em que você se rejubilava com seu troféu de Família Poligâmica de Sucesso. Desculpem-me também os demais que já se sentiram ofendidos diante de meu desfalecimento. Agradeço-lhes a paciência de permanecerem amigos de alguém com

Além disso, agradeço ao reitor por me convidar a inaugurar o semestre desta instituição. Afinal, eu sempre me pergunto sobre as razões de me manterem num cargo tão relevante, sendo eu este homem de defeitos graves de convivência. Se bem que, quando me ocorrem tais questionamentos, é comum eu chegar a um só ponto: é o meu saber esta razão. Não deixa de me despertar o senso cético, contudo, o fato de que a mesma dúvida me retorna: é como se eu não pudesse me convencer de que a minha erudição seja o único porquê de eu ainda estar aqui. Desconfio, senhores, de que as amizades influentes construídas ao longo dos anos neste estabelecimento tenham qualquer influência nesse fenômeno. O que não deve espantar ninguém, já que

Mas voltemos ao tema. O adormecer constante e inesperado me obrigou a encarar bem cedo questionamentos sobre o meu papel no mundo. Ainda bem jovem, eu me atormentava sem aceitar que minhas crises, de consequências por vezes definitivas, partissem de um defeito neurológico tão mínimo que só se deixa ver num exame fotográfico do meu cérebro. Influenciado por opiniões leigas, logo me entendi como um vagabundo que finge sono diante de medo ou tédio. Como sempre tive um ponto de vista fatalista diante dos acontecimentos, pensava que a sonolência excessiva pudesse ser uma reação subconsciente, uma resposta da minha mente ao que acontecia ao meu redor – como se no sono eu revelasse um desejo incontrolável de pausar a própria

No meio desses questionamentos, eu me via incapaz de encontrar um argumento que justificasse minha condição. Às vezes, um ataque parecia uma paixão: era eu me deixando responder aos estímulos mundanos, mormente enfadonhos. Outras vezes, um acesso de sono não fazia sentido, e só podia se justificar através de um diagnóstico profissional. Foi assim que a narcolepsia me trouxe uma dúvida: querer é diferente de necessitar, ou são apenas dois verbos para um mesmo fenômeno? Dito de outro modo: eu adormeço por desejo, por necessidade, ou as duas hipóteses são uma mesma

Na infância, minha mãe me massacrou. Usava um cinto para me acordar das crises, xingando-me com nomes ligados ao mau-caratismo e à vagabundagem. Dizia que meus ataques de sono eram mimos de alguém que quer atenção. Para ela, eu não era um menino doente cujo corpo produzia sintomas de algum processo cerebral dominador. Para ela, eu tentava impor a minha carência levando uma birra ao extremo. Isso me moldou a mente para que eu me considerasse culpado por adormecer sem razão e perder momentos importantes da experiência a que chamamos *estar vivo*. Culpa, preguiça e arrependimento se misturavam para formar a pasta confusa da minha consciência juvenil. Aos quinze anos, lembro-me de acordar no banheiro, deitado sob o chuveiro aberto, com os berros da minha mãe vindos de fora, perguntando-me que *safadeza* eu fazia trancado ali havia uma hora. Foi por volta dessa idade que ela parou de me espancar – por certo desistiu de endireitar o filho, encarando-me como um presente divino para testar a sua crença na compaixão. Mas a minha mentalidade já estava formada: eu era um dos homens mais culpados por existir, sem nenhum poder diante do

Foi ainda durante a juventude, ouvindo histórias sobre revoluções sociais, que cheguei à conclusão de que o meu desejo (de escapar de algo e, para isso, adormecer) se igualava à minha necessidade (o corpo em queda urgente). Pensei: a necessidade não passa de uma vontade contundente, pois ambas manifestam uma imposição sobre o sujeito – seja a vontade-necessidade algo como uma ideia, seja um processo notadamente corpóreo. Foi aí que virei fã daquela imagem icônica do sujeito em protesto na Praça da Paz Celestial, diante de uma fileira de tanques de guerra, impedindo-a de avançar: de algum modo aquele indivíduo determinado em conter a repressão do governo chinês se igualava a mim no meu hábito de adormecer diante das arbitrariedades mundanas. Éramos, eu e ele, dois homens incapazes de escapar do grito de nossas

É fundamental, portanto, que todos vocês saibam agir diante de minhas crises. Para tanto, aviso-lhes que se eu, estando de pé em frente à lousa, desabar com a violência de um desmaio, ou se, palestrando no canto da mesa, eu me deitar numa atitude evasiva, o melhor a fazer é esperar pelo meu despertar espontâneo. Conto com a perspicácia de vocês para não me deixarem sozinho em sala. E jamais, jamais me acordem – o meu corpo adormece, senhoras e senhores, e esta é uma imposição além da lógica. Espero que todos entendam a relevância de tratarmos desse tema hoje. Não que os meus problemas sejam maiores e devam ser compreendidos pela humanidade, mas

A QUEDA

Meu corpo no escuro. Meu corpo no escuro, inteiro. Como se estivesse em queda. Tento tocar alguma coisa. Não encontro dedos. Não encontro coisa para tocar. Não encontro nada. Este nada existe? Não sinto movimento que me faça deduzir a queda. Nem barulho. Talvez eu não esteja em queda, mas em algo parecido. Uma queda perfeita. Num escuro perfeito. No silêncio. Tudo escuro, silencioso e sem tato.

Estranho que eu esteja usando palavras. Estranho que eu esteja contando. Porque a escuridão em que me encontro é tão completa que não poderia ser interrompida pela escrita – porque escrever é me tatear, e eu não tenho sentido. Por isso mesmo, estas palavras que aparecem aqui, com as quais me digo e que supostamente brotam na total escuridão e silêncio em que me encontro, são uma invenção minha. Elas não existem aí fora. Elas existem somente aqui, onde invento: a escuridão e o silêncio. Se alguém se aproximasse não ouviria nada, porque, como disse, não existe nenhuma palavra sendo dita por mim. Quando abro a boca não sai nenhum som, e chego mesmo a duvidar se, ao abrir a minha boca, ela se abre de fato; ou se, quando mexo os dedos, estão os meus dedos a se mexer. Além de escuro e silencioso, tudo está paralisado. Mas tudo pode ter sido inventado. Não tenho qualquer sensação.

É que, ao tentar encostar meus dedos nos lábios para comprovar que estou abrindo a boca e me esforçando para gritar, ao tentar tocar o meu gesto, não encontro nada. Meus dedos, se é que eles também existem, dançam sem atrito. Não sei onde estou. Não tenho certeza se estou. Se sou um corpo. Se sou uma anomalia desvinculada das coisas reais. A única coisa que posso tomar como verdadeira é que estas palavras aqui não correspondem a nada do que existe, mas eu faço de conta que sim. A única verdade que pode haver no escuro em que vivo é a imaginação.

Como que para me acalmar, acredito nisso que conto, e que a minha imaginação, ao contar, sou eu. Porque me parece insuportável assumir que não existe nenhum apoio mesmo. Que tudo é mesmo escuro. Que não existe nem corpo, nem palavra, nem nada. Que nada existe mesmo. Eu não seria capaz de dar um passo se admitisse isso. Eu cairia. Mas eu já não estou em queda?

Pois é exatamente o que acontece neste instante: não sou capaz de dar um passo. Talvez porque esteja me assumindo agora mesmo. Ao tentar levar um pé à frente do outro, não sinto nenhum atrito, não sinto o chão sob meus pés, não sinto meus pelos enfrentarem ar. A falta de movimento não é decisão minha. Estou paralisado porque não tenho bordas. Caio em tamanha perfeição que a queda não tem atrito.

Eu acho que isto que fala aqui, isto que se descreve em determinada situação e que poderia chamar de meu corpo, meu cérebro ou apenas eu, eu acho que isto, se não está em queda como aquilo que se entende por queda, eu acho que isto está então em repouso há muito tempo. Ou morto. Ou ainda não nascido. Ou em sonho. Ou fora de todas as categorias que usamos para criar a ilusão da clareza.

Mas as coisas não têm contorno. São as palavras que deliram. Somos nós que, nas palavras, deliramos que as coisas existem, cada uma por si, separadas umas das outras, cercadas de suas próprias definições. Mentira. Delírio. Porque, se há um conceito mais falho do que todos os outros, se há algo mais forjado no meio de toda a dissolução conceitual, então isto é o conceito de separação, ou forma, ou limite, ou identidade, ou fronteira, ou clareza. É daí que vem a calúnia de que somos independentes – como se cada sujeito fosse capaz da liberdade e da autonomia. Não, não somos capazes. Por isso estou onde estou: no ímpar.

Não somos separados, não somos únicos, não somos independentes. Não existimos assim. O que fazemos é delirar juntos. O que fazemos é aceitar o nosso delírio como verdade. Por isso, a parte de mim que fala nesse silêncio é uma parte que não consegue se mexer de tão inseparável de todo o resto. Eu, que estou colado a tudo, caio sem parar. Eu caio porque sou a parte de nós que se assume agora. Que mente, que não existe, que se contradiz e silencia. Portanto, se digo que falo, não é verdade que sou eu. Se falo, então são todas as coisas juntas que estão falando através de mim. Se caio e não sinto a queda, é porque tudo está caindo também.

Talvez a escuridão e a falta de tato que descrevo aqui aconteçam porque eu ainda não nasci por completo. E se eu não nasci é porque nunca me separei. E se não me separei, não existo do lado da encenação, onde as palavras correspondem e tudo é múltiplo. Aqui onde estou, não. Aqui é tudo a mais pura invenção. Eu estou mentindo porque eu sou a mentira, eu sou a substância de que as mentiras são feitas: a matéria das coisas que não existem mas que, ainda assim, podem ser pensadas: a matéria obscura. Minha matéria é o perfeito, o impossível, a utopia. Estou em queda porque vivo o instante capturado e eternamente repetido.

Não é só isso. Ainda tenho mais a dizer. Mal expliquei como é esse lugar em que estou. Mas existe algo a ser dito sobre essa coisa tão simples que é o não? Mesmo assim, eu quero dizer. Estou só começando. Mal tentei me expandir. Embora não saiba por que quero me dizer. Algo em mim ainda quer. Desde que me soube aqui, quero.

Por que é tão difícil dizer isto que sou e mapear o lugar em que me encontro? Que dificuldade há em atingir o meu próprio centro e dizer? É isto que quero, mais nada: quero somente encontrar o que eu sou. Para isso eu precisaria me ver. Eu só precisaria me refletir para me saber. Acontece que o esforço para encontrar o que me defina vai aumentando, aumentando. Como se eu fosse mesmo sem contorno e, por isso, incapturável. Mas se já estou no meu próprio centro, se já sou exatamente o que sou, como é possível essa dificuldade e essa incompletude? E como pode acontecer de eu ter a ambição do que pareço ser incapaz: me duplicar? Será que não consigo me dizer porque tento atravessar com palavras uma dimensão essencialmente sem sentido? Será justamente porque tento dizer isto que sou, já que o que é nunca será idêntico ao que é dito? Será que a dificuldade em me saber está no ato de tentar me dizer? Como se dizer fosse tentar ser mais do que sou? Como se dizer fosse a ilusão de sair de mim e me expandir?

Por que então não me contento apenas em atingir o meu inteiro, encontrar em mim um pensamento na escuridão e me abraçar a ele, sozinho e no silêncio? Por que insisto em não me contentar com o lugar em que estou e com o mistério de não saber? Por que quero me comunicar, mesmo sem que meu corpo queira sair de onde está? Por que, de tão incomodado, recomeço a formular frases, me direcionar e tentar dar um passo, se já sei que não consigo me mover? Para que e para onde quero ir? O que busco? Por que me encho de toda essa busca em vez de somente me deixar estar?

Pelo menos sou capaz de me assumir: estou tentando me aproximar de mim. Estou tentando ser. Eu sou essa insatisfação que se sabe irrealizável e que mesmo assim não pode se aceitar e ficar em paz com a sua própria insatisfação. Porque é da natureza da falta buscar. Eu sou a falta. Eu sou também a obsessão por fazer aparecer o que falta. Eu quero me alcançar. E acho que, ao fazer esse esforço na escuridão atravessada de palavras – isto que completamente não existe –, logo vou precisar tomar coragem de enfrentar o fato de que: se não sinto o meu corpo, é porque não sou corpo, mas escuridão. Eu não *estou* na escuridão e no silêncio, eu os *sou*.

Mas tenho medo. Temo que a constatação de que sou tudo me derrube numa queda inesperada e inescapável, feita do êxtase e do pânico de quem se sabe completamente só. Como se a única postura possível depois de me dar conta de que eu sou o inteiro fosse o mais pesado desespero. Um desespero que se realiza me aniquilando, como se me desesperar fosse ser eu mesmo. E, na queda livre, em vez de me sentir como se flutuasse, vou me sentir empurrado o tempo inteiro: empurrado contra a minha verdade. Quando sinto medo, penso que talvez eu não esteja nascendo, mas caindo para a morte.

Embora haja medo, há também coragem: quero ser o que já sou. Se a queda for o meu estado natural, então que eu aceite. Se vou sentir medo e coragem alternadamente, se vou me saber nascendo e morrendo, então que eu saiba.

Se estou em queda, só tenho duas perspectivas: ou vou me desintegrar no choque com o chão e me acabar por completo, ou talvez eu jamais chegue ao chão por ele não existir, e eu terei então que aceitar e conviver com a vertigem. Aceitar que a queda é tudo o que é. Mas me ocorre ainda uma outra possibilidade: e se, mesmo tomando como provável que, em algum momento, eu encontre o chão, se eu conseguisse mesmo assim exercitar um retorno ao instante, este em que caio e penso, e tentasse tomar ciência da queda e da sensação da queda como uma espécie de bênção? Será que minha queda é no fundo a própria maravilha?

Eu sei por que insisto. Eu sei por que estou usando as palavras enquanto caio, mesmo sabendo que elas não existem, e que, por não existirem, são incapazes de me amparar. Eu sei por quê. É que tenho a esperança infantil de me encontrar. Tenho ímpetos de esperança, apesar de não ser nada. É que tenho vontade de viver. E é essa vontade de viver que me faz insistir e ter medo. Porque posso não sentir o meu corpo em queda, mas tenho a sensação de flutuar. Então pode ser que eu venha a me chocar com o chão. Só um choque poderia me dar certeza de que existo. Mas se eu me chocar com uma superfície depois de tanto tempo em queda, então eu vou me desintegrar. Vou me inaugurar e me encerrar no mesmo instante.

Pode ser que eu me reflita na superfície um instante antes de me chocar com ela? Mas o encontro com o chão seria tão súbito que talvez eu não visse mais do que um pedaço de mim. E provavelmente não haverá luz a causar o meu reflexo na chegada. Se a escuridão daqui não fosse tão escura, talvez eu me enxergasse íntegro no reflexo de um chão perfeito um instante antes de me desfazer, mas não. E ainda porque, se todas as coisas vivas caem nesse mesmo chão originalmente refletivo e espelhado, a sujeira atual sobre o espelho é irreparável. Ou talvez eu esteja usando conceitos demais para falar de uma plataforma sem conceito, sem palavra, sem entendimento. Talvez, na hora do fim, eu já não me interesse em saber.

Não posso ter certeza de que encontrarei minha imagem. Nada me garante que eu me verei. Não há certeza nenhuma aqui.

Então, se continuo a esperar pelo reflexo, é porque me vicio no avanço da translucidez das palavras, que me dão a sensação de se clarificarem mais e mais, quanto mais próximo estou do fim, mesmo que eu saiba que o fim, a superfície contra a qual poderia eu me chocar, nunca vai estar livre de toda a sujeira que se coloca entre mim e ela: mesmo que eu saiba, portanto, que talvez nada disso aconteça, e que eu fique preso no instante para sempre.

Esse exercício, que pratico como que movido pela esperança de que haverá uma revelação à minha espera, me deixa ainda mais insatisfeito, porque se eu sei que não sei de nada e que talvez nada aconteça, eu poderia agora mesmo desistir e me dar por satisfeito com o que já tenho, que é somente a escuridão completa e a falta de sensação. Eu poderia, a partir de agora, deixar de esperar pelo espelho, deixar de tentar sentir o meu próprio corpo como se ele existisse, e aceitar a pureza da escuridão e quem sabe até encontrar, no meu pensamento que inventa, alguma beleza. Assim talvez eu chegasse a sentir uma pequena sensação, uma calma tão abstrata e silenciosa quanto tudo isto aqui – eu sentiria um pouco de paz.

Acontece que existe um absurdo bem na minha frente: eu não consigo parar de querer parar a queda, mesmo sabendo que viveria melhor se parasse de querer parar. E esse absurdo me deixa sem direção: o que é que eu busco, já que não é o meu próprio bem: parar de querer parar? Se não aceito o silêncio, se não aceito a escuridão, se temo o choque com o espelho que talvez nem exista, se busco, busco, busco, então será que me encaminho com prazer não para a aceitação de tudo, e sim para abraçar a inquietação?

Sim, porque se não aceito a inquietação de nunca conseguir aceitar que sou feito de busca, então é porque eu sou exatamente eu. Então eu existo.

SOBRE O **AUTOR**

Thiago Barbalho nasceu em Natal-RN em 29 de fevereiro de 1984. Publicou o romance *Thiago Barbalho vai para o fundo do poço* (Edith, 2012). Estudou filosofia e direito, e trabalhou nas editoras Scipione, Publifolha e Globo. Tem textos publicados no zine *SILVA*, organizado por Ricardo Lísias, na revista *VICE*, na coluna virtual de Glauco Mattoso no site Cronópios e na *Revista Pesquisa Fapesp*. Criou o selo editorial independente Edições Vira-Lata, pelo qual lançou zines em colaboração com artistas visuais e os livros de poemas *Doritos* e *Pré-História* (este com desenhos da artista Liana das Neves). Pelo selo, participou da Feira Plana e da Tijuana. É colaborador cronista no site Ornitorrinco e tem alguns poemas em tradução para o inglês a sair na antologia de poesia brasileira contemporânea pela Scramble Books, de Nova York. Concebeu e criou a *Revista Rosa*, faz videopoemas e desenhos. O conto "Narcolepsia" foi publicado na *Revista Pesquisa Fapesp* em março de 2014.

CADASTRO
ILUMINURAS

Para receber informações
sobre nossos lançamentos e
promoções, envie e-mail para:

cadastro@iluminuras.com.br

Este livro foi composto em *The mix* pela *Iluminura*s e terminou de ser impresso em abril de 2017 nas oficinas da *Paym gráfica*, em São Paulo, SP, em papel off-white 80 gramas.